Der Mann
zum Lügen geboren ?

FRIEDER MOND

Der Mann
zum Lügen geboren?

Bibliografische Information der Deutschen Nationalbibliothek:
Die Deutsche Nationalbibliothek verzeichnet diese Publikation in der
Deutschen Nationalbibliografie; detaillierte bibliografische Daten sind im
Internet über < http://dnb.d-nb.de > abrufbar.

Ich bedanke mich für die freundliche Unterstützung meiner Tochter.

© 2007 Frieder Mond
Satz, Umschlagdesign, Herstellung und Verlag: Books on Demand GmbH,
Norderstedt
ISBN: 978-3-8334-7946-5

Inhaltsverzeichnis

Versuch einer plausiblen Erklärung

Ich hoffe, dass mir meine männlichen Mitmenschen die Offenbarungen dieses Buches verzeihen und mit Schmunzeln zur Kenntnis nehmen. Ich versichere, dass alles Geschriebene der Wahrheit entspricht. Die Namen der genannten Personen sind frei erfunden.

Der Mann als Mensch ist von Natur aus sehr bequem und stets bestrebt, einer Konfrontation aus dem Wege zu gehen – wenn es sein muss, auch mit einer Lüge. Die meisten Lügen sind mit liebevoller und gut gemeinter Rücksichtnahme auf den / die Partner / in oder geschätzte Mitmenschen zu begründen. Denn der Mann möchte ganz einfach sein Leben in Ruhe und Harmonie genießen.

Die weiblichen Leser werden in vielen Passagen ihren eigenen Partner wiedererkennen und sollten sich in Zukunft, auch wenn es schwerfällt, auf diese für den Mann unangenehmen Situationen einstellen. Zeigen Sie etwas mehr Verständnis und denken Sie daran: Der Mann will nur das Beste für Sie und mit Ihnen ohne Streitereien ein harmonisches Leben führen. Um dies auch zu realisieren, ist er in vielen Situationen gezwungen zu improvisieren und bedient sich halt gelegentlich der Lüge.

Vorschulalter

Die ersten Erinnerungen, die ich nachvollziehen kann, beginnen im Alter von drei bis vier Jahren. Es war ein wunderschöner Sommertag. Ich spielte mit meinen beiden Brüdern in kurzen Hosen und barfuß im Misthaufen unseres Bauernhofs. Dann kam einer von uns dreien – ich kann mich nicht erinnern, wer es war – auf die verhängnisvolle Idee, einen Teil dieses unbeschreiblich stinkenden Haufens in den Flur unseres Hauses zu verlagern.

Voller Tatendrang gingen wir mit unseren kleinen Händen an die Arbeit. Ich muss gestehen, es verwundert und beeindruckt mich bis zum heutigen Tag, wie viel Mist man mit so winzigen Händchen transportieren kann. Am Ende waren die unteren drei Treppenstufen reichlich mit Unrat bedeckt, und auch etwas bräunliche Flüssigkeit konnte ungehindert bis zur Kellertreppe gelangen. Mit stolzgeschwellter Brust riefen wir unsere Mutter.

Diese fahndete bestürzt nach dem Schuldigen unter uns drei Buben. Doch wie das eben so ist, wollte es keiner gewesen sein. Jeder deutete auf den anderen, um die Schuld von sich zu weisen und damit die sicher folgende Bestrafung abzuwenden. Damit hatte ich meinen Einstand zum Lügen gegeben.

Als Folge unserer Schandtat wurde der Kleinste – also ich – in den Keller verbannt. Ich kann mich noch heute genau an das dunkle, unheimliche Verlies und mein bitterliches Schreien erinnern. Nach endlosen Minuten, ich hielt inzwischen vor lauter Angst den Mund, wurde es plötzlich unerwartet hell. Meine Mutter öffnete die Kellerluke, schleppte mich aus meinem Gefängnis und erkundigte sich, ob ich so etwas wieder tun würde und ob ich Angst gehabt hätte.

Beide Fragen verneinte ich, was wiederum gelogen war. Denn ich hatte buchstäblich die kurzen Hosen gestrichen voll. Im Laufe der Zeit wiederholte sich die Teilverlagerung des Misthaufens, sodass dieser immer wieder Ableger an anderen Standorten bildete.

Auf einem Bauernhof gibt es für drei kleine, neugierige Spitzbuben eine Menge interessante Dinge zu erkunden. So befanden sich in der Scheune eine Menge Hühner, deren Eier täglich eingesammelt werden mussten. Keine Ahnung, warum der Inhalt dieser rohen Eier damals für uns so unglaublich schmackhaft war, aber aus unerfindlichem Grund enthielt der Eierkorb sehr oft auch einige leere Eierschalen. Gott sei Dank gibt es auf einem Bauernhof unter anderem Getier auch hungrige Marder, denen wir die Täterschaft zuschieben konnten. Wie sonst hätten wir damals unseren Eltern die peinlichen Situationen erklären sollen? Heute muss ich schmunzeln, wenn ich daran denke, wie unsere Mutter uns abends den klebrigen Eidotter aus unseren Gesichtern wischte. An Erfindungsgeist mangelte es uns dreien jedenfalls nicht.

Ich war vier Jahre alt, als sich meine Eltern trennten – mein Vater war wohl noch in der Probezeit. Jetzt standen wir vor der Situation, täglich fünf Kilometer per pedes über Feld und Wiesen zurücklegen zu müssen, da wir während der Trennungszeit bei der Großmutter wohnten. Ich kann Ihnen sagen, so eine Pendlerei ist verdammt anstrengend. Meine liebe Oma, Gott hab sie selig, musste täglich mit drei kleinen Buben diesen anstrengenden Marsch von A nach B und wieder von B nach A bewältigen. Es war eine schwere Zeit – hauptsächlich für mich, denn ich war nun mal der Kleinste.

Auf der Strecke von A nach B mussten wir immer wieder diesen verflixten zweihundert Meter langen sogenannten

Kuhbuckel erklimmen. Jedes Mal verstauchte ich mir aus unerfindlichen Gründen am Fuß des Hügels den Knöchel oder wurde urplötzlich wahlweise von Bauchweh, Luftnot oder anderen schweren Leiden befallen. Das hatte zur Folge, dass ich mich immer wieder hinsetzen oder -legen musste, denn ich konnte einfach unter keinen Umständen weiterlaufen. Auch gutes Zureden meiner beiden ›gesunden‹ Brüder und meiner Oma konnte mich nicht bewegen weiterzugehen. Schließlich lud meine liebe Oma mich ›kranken‹ Knaben auf ihren Buckel und schleppte mich den Hügel hoch. Liebe Oma, verzeih mir meine grässlichen Lügen!

Dem damals obligatorischen gesunden Mittagsschlaf versuchte ich einmal zu entgehen, indem ich große Schmerzen im Bauchraum vorschützte und laut weinte. Darauf erschien meine Oma, um mir den blanken Bauch zu streicheln, und die Schmerzen verschwanden wundersamerweise innerhalb weniger Minuten. Ab diesem Zeitpunkt hatte ich fast täglich Beschwerden im Bauch. Aber ich bin der festen Überzeugung, mit dieser Lüge auch meiner lieben Oma etwas Gutes getan zu haben.

Was auch immer wir drei anstellten: Mysteriös erschien mir, dass immer der Kleinste – also ich – verdächtigt wurde. Die logische Erkenntnis für mich war, dass man durch Lügen den eigenen Schaden mindern kann.

Im Winter hatte ich fünfjähriger Knirps ein schmerzhaftes Erlebnis. Unser Dorf mit damals etwa einhundert Einwohnern hatte eine kleine Schule. Die Dorfkinder unterrichtete ein strenger Lehrer, der täglich mit seinen beiden Kindern zu Fuß aus einem Nachbarort kam. Dieser Lehrer hatte im Winter, wenn die Wiesen verschneit waren, als Transportmittel für seine Kinder einen großen dreisitzigen Schlitten dabei. Eines Tages marschierten mein Bruder Horst und ich den recht steilen und vereisten Weg hoch zum Schulhof. Es war gerade Schulstunde, und niemand außer uns beiden befand sich auf dem Hof. Seitlich der Eingangstreppe hatte der Lehrer ordnungsgemäß sein imposantes Transportmittel geparkt. Dieser Anblick war einfach zu verlockend. Wir mussten die Gunst der Stunde nutzen und liehen uns den Schlitten kurz für eine Abfahrt aus.

Begeistert schoben wir den Schlitten an und erklommen dieses allerdings doch sehr sperrige Gefährt. Ich hockte mich nach vorn, mein Bruder Horst nach hinten, und dann sausten wir den Hügel direkt neben der Schule hinunter. Horst aber bekam es mit der Angst zu tun und verließ seinen Platz auf dem Schlitten mit einem eleganten seitlichen Abroller in den Schnee. Nur am Rande möchte ich erwähnen, dass Horst in späteren Jahren ein Faible für rasante Fahrten entwickelte und im Rennsport Fuß fasste.

Nun war ich auf mich allein gestellt, konnte aber natürlich den Schlitten nicht allein lenken und raste auf den Stacheldrahtzaun zu, der den Weg säumte. Zwar passte der Schlitten unter der unteren Reihe Draht hindurch – aber nur ohne mich. Ich blieb mit meinem kleinen Hals im Stacheldraht hängen und brüllte wie am Spieß. Dadurch alarmiert, eilte der Besitzer des Schlittens herbei und befreite mich aus meiner misslichen Lage.

Da meine Verletzungen doch sehr ernst waren, musste mich ein Bauer ins Krankenhaus bringen. Für die kommenden Tage war ich im Dorf Gesprächsthema Nummer 1. Die Schuld an meinem Schlittenunfall schob ich selbstverständlich meinem Bruder in die Schuhe, der mich angeblich gegen meinen Willen auf diesen Schlitten gesetzt und auf die Reise geschickt hatte. Mir tut es heute noch weh, wenn ich an die Schläge denke, die mein Bruder dafür bezog. Lieber Horst, meine ›Falschaussage‹ hast du offenbar zuverlässig in Erinnerung behalten und es mir in späteren Jahren mit denselben Mitteln heimgezahlt. Aber das verzeihe ich dir.

Den Kindergarten besuchten wir in einem Nachbarort, in dem auch die Patentante meines Bruders Horst wohnte. Es war eine wunderschöne, harmonische Zeit, besonders zu Ostern und Weihnachten.

Die Schokoladenhasen und Weihnachtsmänner waren bei Horsts Tante jedes Mal viel größer und besser als die, die ich von meiner Patin bekam. So tolle Geschenke wollte ich natürlich auch haben: Eines Abends nahm ich den großen, prallvollen Geschenkkorb meines Bruders genauestens unter die Lupe. Dann stibitzte ich ganz ohne Gewissensbisse den größten Schokoladenhasen aus dem Korb und legte als Ersatz meinen kleinsten Hasen hinein. Sodann verkroch ich mich in eine Ecke und machte mich genüsslich über meine Beute her. Aber der Hase war viel zu groß für mich, also versteckte ich den Rest in der Backröhre unseres Küchenherdes. Meinem Bruder blieb meine Tauschaktion natürlich nicht verborgen, und sein Geschrei veranlasste meine Mutter, mir den Hintern zu versohlen, obwohl ich doch unschuldig war und nichts von alldem wusste. Aus dieser Episode nahm ich als Erkenntnis mit: Lügen ist gar nicht so schlimm. Aber Klauen!

Etwas Gutes hatte diese Geschichte aber dann doch: Ich hatte Horsts Tante wohl so leidgetan, dass sie mir fortan auch eine große Schokoladenfigur schenkte. Dies schmeckte meinem Bruder Horst natürlich überhaupt nicht, was mir jedoch vollkommen egal war.

Ich könnte noch tausend Erinnerungen aus diesem Alter erzählen. Die geschilderten Erlebnisse sind so lebendig in meinem Kopf, als ob es gestern gewesen wäre. Demnach müssen die Ereignisse ziemlich prägend gewesen sein. Meiner Meinung nach wird das Lügen nicht vererbt, sondern man lernt, aus solchen Situationen seinen eigenen Vorteil zu ziehen. In den meisten Fällen aber wird im Kindesalter aus Angst gelogen, um einer Bestrafung zu entgehen.

Auch durch kleine Notlügen verschafft man sich eine gewisse Ruhe. Als Kind macht man sich darüber überhaupt keine Gedanken. Das Nachdenken beginnt erst viel später, was in vielerlei Hinsicht einfach *zu* spät ist.

Flegeljahre

Im zarten Alter von sechs Jahren wurde ich eingeschult und begann somit einen neuen Lebensabschnitt.

Da mein Vater unsere Familie verlassen hatte, zog Mutter mit uns drei Buben in einen anderen Ort zur lieben Oma.

Wir drei mussten uns einen kleinen Schlafraum teilen. Bei der Aufteilung konnte ich mich gegen meine beiden Brüder durchsetzen und bezog mein Bett an der größten Wand unter einer Dachschräge. Mein ältester Bruder musste weichen und fand am Fenster seinen Schlafplatz. Dass er deshalb stinksauer auf mich war, sollte ich in Zukunft immer öfter merken, denn ab diesem Zeitpunkt veränderte sich sein Verhalten mir gegenüber schlagartig zu meinen Ungunsten.

Damals war es an der Tagesordnung, dass wir beide permanent stritten. Ich muss leider gestehen, dass ich an dieser Misere nicht ganz unschuldig war. So war es auch an jenem frühen Morgen, als mein Bruder gerade nach unten gegangen war und ich auf die glorreiche Idee kam, mich in sein noch warmes Bett zu legen. Ich zog meine Schlafhose aus und pinkelte in sein Bett, sodass nun er als Bettnässer dastand. Dieser Schuss ging aber nach hinten los, denn dieses Mal bezog ich sowohl von meiner Mutter als auch von meinem Bruder meine Prügelstrafe. Das gespannte Verhältnis zu meinem Bruder hat sich leider bis heute nicht gelegt.

Hinter dem Haus, in dem wir nun wohnten, befand sich ein großer Garten in Hanglage. Diesen Garten hielt die Oma mit unserer tatkräftigen Hilfe in Schuss. Eines Tages waren mein Bruder Horst und ich mit Oma bei der Gartenarbeit. Als Oma für eine Stunde ins Haus musste, kamen wir auf die Idee, eine Falle für sie zu graben. Wir buddelten ein möglichst unscheinbares Loch direkt hinter der letzten Treppenstufe und legten ein morsches kleines Brett darüber. Den ganzen Nachmittag lauerten wir darauf, dass Oma nun endlich in die Falle tappte, aber den Gefallen tat sie uns nicht.

Stattdessen geschah etwas, womit wir nicht gerechnet hatten. Statt der Oma kam uns unser ältester Bruder auf der Treppe entgegen, trat wie bestellt auf das morsche Brett und sackte mit seinem Fuß seitlich davon ins Loch.

Nun, dass er barfuß war, war schließlich seine Schuld; dafür konnten ja wir nichts. Jedenfalls hatte er eine blutende Schürfwunde am Knöchel abbekommen. Das besagte Loch, da waren Horst und ich uns einig, hatte bestimmt unser großer Bruder selbst gegraben, damit Horst und ich hineinlatschten. Ich konnte das Lügen einfach nicht lassen.

Außerdem war unser großer Bruder stinkfaul und drückte sich jedes Mal gekonnt vor der Gartenarbeit. Und nicht nur davor: Auch andere körperliche Anstrengungen vermied er gewitzt. Wenn es sein musste, auch mit Lügen.

Da ein großer Mangel an schulpflichtigen Kindern in unserem kleinen Dorf bestand, wurden Schüler von der ersten bis achten Klasse gemeinsam unterrichtet. So konnten die Kleinsten von den Größeren sehr viel lernen – vor allem Scherze und Streiche. Wenn ich den Schulstoff so intensiv aufgenommen hätte wie den Unsinn, den die älteren Mitschüler uns beibrachten, wäre ich heute bestimmt ein sehr gescheiter Mann. Schade drum, aber ich bin auch mit meinem heutigen Wissensstand sehr zufrieden.

Unser Grundschullehrer in der ersten Klasse war ein sehr lieber Mensch. Es machte Freude, bei ihm in den Unterricht zu gehen, denn er war immer sehr ausgeglichen. Ab der zweiten

Klasse aber bekamen wir einen derart grantigen, bösen und mit seinem Leben unzufriedenen Menschen als Lehrer vorgesetzt, dass uns von Beginn an vor Angst das Blut in den Adern gefror. Dieser Mensch hatte drei Söhne und steckte offenbar in einer unglücklichen Ehe. Dass der Mann so unleidlich war, mussten nun seine Söhne ausbaden, denn wir stempelten sie vom ersten Tag an als Sündenböcke ab. Das tut mir im Nachhinein heute noch leid, denn es waren doch gute Kameraden. Aber Kinder können ja so grausam sein! Beispiel für unser schändliches Treiben gefällig? Bitte sehr:

Wir waren gerade dem Religionsunterricht entronnen, und ich ging mit zwei gleichaltrigen Buben auf die Schulwiese, um ein wenig Fußball zu spielen. Seltsamerweise kündigte sich plötzlich bei uns allen dreien gleichzeitig ein großes Geschäft an. Wir eilten über den Schulhof zum Toilettenhaus. Dumm war, dass die einzelnen Kabinen verschlossen waren, noch dümmer, dass wir uns nicht mehr bremsen konnten. Was blieb uns übrig, als unser Geschäft auf dem steinernen Fußboden zu verrichten? Als wir aber unsere Hinterlassenschaften beseitigen wollten, steigerten wir uns in einen wahren Rausch und verschmierten den größten Teil auch an der Wand. Als wir bemerkten, dass wir mit unserem Tun alles nur noch schlimmer machten, verließen wir ungesehen fluchtartig den Tatort, bis wir japsend den Wald erreichten, der fast einen Kilometer entfernt lag.

Am nächsten Tag war großer Aufruhr in der Schule. Vor allem, weil wir drei Übeltäter dreist die drei Lehrersöhne des Verbrechens bezichtigten. Wir hatten sie angeblich bei der Schandtat beobachtet. Allerdings verstrickten wir uns beim Verhör in Widersprüche, und unser Lügengebäude sank in sich zusammen. Nacheinander legte uns der Lehrer auf die Schulbank und traktierte hochroten Kopfes unsere nackten

Hinterteile ausgiebig mit einem Holzlineal. Seinen ganzen Frust ließ er an uns drei zarten Knaben aus.

Danach waren dann wir drei Delinquenten meist die Sündenböcke vom Dienst und wurden für Vergehen bestraft, die wir gar nicht auf dem Kerbholz hatten. Aber wie sagt das Sprichwort? »Wer einmal lügt, dem glaubt man nicht, und wenn er auch die Wahrheit spricht!«

Inzwischen allerdings hatten sich die drei Söhne des unbeliebten Lehrers auf die Seite ihrer Schulkameraden gestellt und waren an den vielen Streichen der anderen beteiligt. So waren sie auch einverstanden, als wir ihrem griesgrämigen Vater eine Lektion erteilen wollten, die wie folgt aussah:

Das Wohnhaus der Lehrerfamilie stand etwa einen halben Kilometer von der Schule entfernt an einem Hügel. Morgens kam der Lehrer allein mit dem Fahrrad. In einem unbeobachteten Moment machten wir uns über das Vehikel her und stellten die Kette ein wenig lockerer ein. Gespannt postierten wir uns dann am folgenden Morgen am Ende der Gefällstrecke, die der Lehrer auf seinem Fahrrad herabkommen musste. Und richtig: Als der gute Mann sich näherte, konnten wir sehen, dass die Kette planmäßig abgesprungen war, also die Rücktrittbremse nicht mehr funktionierte. In halsbrecherischem Tempo sauste unser Peiniger mit flatterndem offenem Mantel und wehenden Haaren ungebremst an uns und der Mauer vorbei und kam – gütiges Schicksal – irgendwann auf flacherem Terrain unbeschadet zum Stehen. Ich denke, wir hatten großes Glück, dass nichts passiert war. Natürlich blieb ein Verdacht, dass wir bei der Geschichte unsere Finger im Spiel hatten. Doch wir wiesen wie immer alle Anschuldigungen von uns und erwiesen uns damit einmal mehr als routinierte Lügenbolde.

Der verhasste Lehrer konnte uns zwar nichts nachweisen, verbannte aber mich und meinen Freund Franz ganz einfach aus der Singstunde! Nur weil er der Meinung war, wir könnten nicht singen! Damit hatte er allerdings recht.

Uns kam die Verbannung in den Pausenhof während der Singstunde sehr entgegen. So hatten wir Zeit genug, einen wohldurchdachten Racheplan auszuhecken. Wir entschieden uns, den Lehrer während der kommenden Singstunde mit Zwirnen zu ärgern. Das bedeutet, man nimmt einen langen Faden aus Zwirn, befestigt diesen an einer Reißzwecke und steckt diese von außen in den Rahmen des Holzfensters. Wenn man den gespannten Faden mit etwas Wachs reibt, ertönt im Inneren des Hauses ein grässliches, fast unerträgliches Summen.

Dann war es so weit, Franz und ich wurden wieder hinausgeschickt, der Rest der Schüler durfte singen. Wir befestigten unser patentiertes Lärminstrument am Klassenfenster und fingen an, den Faden zu zwirnen. Bald ertönte zu unserem Vergnügen das nervenaufreibende Sirren. Offenbar hatte unser Lehrer aber einen selten guten Tag erwischt, denn er bat uns freundlich, unsere Aktion zu beenden. Die Mitschüler hatten Spaß an der Sache, und es dauerte nicht lange, da hatten wir in unserem kleinen Dorf viele Nachahmer gefunden. Wir jedoch mussten uns eingestehen, dass unser Racheplan nicht recht gezündet hatte. Also mussten wir uns etwas anderes einfallen lassen. Und wir entschlossen uns, die schlimmste Waffe aufzufahren, nämlich Milch.

Am selben Abend, es war Freitag, mussten wir für die Familie wie jeden Tag eine Kanne Milch holen. Dieses Mal jedoch musste die Familie auf die Milch verzichten, denn wir erzählten, die Kanne sei uns heruntergefallen und habe sich entleert, eigenartigerweise direkt unter der Eingangstür der Schule. Sie können es bestimmt nasal nachvollziehen, wenn Milch übers

Wochenende Zeit hat, sich zu entfalten, und was das für einen Duft in der Schule verbreitete.

Am folgenden Montagmorgen, als wir in der Schule eintrafen, wurden wir allesamt vom Lehrer auf dem Schulhof versammelt. Nun ging die Fragerei los: »Wer war das?« Niemand außer mir wurde verhört, und ich behauptete keck, dies könne nur der Bauernsohn Philipp gewesen sein, da er ja nun mal an der Quelle sitze. Darauf bekam Philipp das Lineal zu schmecken. Auch dafür möchte ich mich heute entschuldigen ... Unser Klassenzimmer jedenfalls roch noch drei Tage lang bestialisch, ehe sich der Gestank langsam verzog.

Mit acht Jahren waren wir Buben der Meinung, die Stärksten zu sein. Wir hänselten, ärgerten und traktierten unsere Mitschülerinnen, wo immer es nur ging. Sie konnten zu keiner Zeit vor uns sicher sein, bis eines Tages durch eine für mich ziemlich peinliche Situation die Kräfteverhältnisse dramatisch umgedreht wurden.

Die Schulranzen aufgesattelt, traten wir den Heimweg an. Wir, das waren drei Mädchen und fünf Buben. Es wurde wieder gehänselt und geschubst, denn wir Buben waren ja in der Überzahl. Zudem war unter den Mädchen auch eine ganz Kleine, Dünne, Schwarzhaarige, auf die ich mich verbal eingeschossen hatte. Es kam mir merkwürdig vor, dass sie, ohne zu antworten und mit hochgestellter Nase, einfach an mir vorbeiging. Da packte ich sie an ihren beiden Zöpfen und versuchte dadurch, eine Reaktion zu provozieren. Diese kam blitzartig in Form eines bis dahin noch nie erfahrenen Faustschlages auf mein linkes Ohr. Dieser kleine Giftzwerg hat mich in der Folge derart gebissen, gekratzt, getreten und geschlagen, dass ich hinterher aussah, als ob ich in eine Steckdose gegriffen hätte. Meine ›starken‹ Schulkameraden hatten den Kriegsschauplatz fluchtartig verlassen. Ich schlich geduckt voller Scham, verletztem Stolz und Verzweiflung langsam, zitternd und weinend nach Hause. Dort angekommen, wurde ich sofort gefragt, wieso meine Hose und mein Hemd Kampfspuren aufwiesen. Aus lauter Angst sagte ich dieses Mal sogar die Wahrheit. Mein Bruder Horst erwiderte tröstend: »Das muss diese Hexe büßen.« Meine Mutter machte sich mit mir auf den Weg zu der kleinen Hexe, um den von mir provozierten und von ihr angerichteten Schaden zu besprechen. Als Hexes Mutter ihre Tochter zur Rede stellte, konnte die sich allerdings an den Vorfall nicht mehr erinnern und stritt alles ab. Seitdem ist mir bekannt, dass auch weibliche Wesen überzeugend lügen können. Ich jedoch musste feststellen, dass ich mit einer Lüge meine Lage erheblich verbessert hätte. Dieses Mädchen wurde jedenfalls in Zukunft von allen sehr respektvoll behandelt. Ich ging ihr anfangs aus dem Weg, habe mich aber trotz allem, oder besser gesagt gerade deshalb, ein wenig in sie verliebt.

Aber außer einer guten Kameradschaft ist nichts aus dieser Kinderliebe geworden. Im Nachhinein bin ich froh darüber, denn ich habe mir sicher einige Prügel erspart und wäre heute nicht seit sechsunddreißig Jahren mit meiner lieben Frau verheiratet. Die Folgejahre waren mit sehr vielen ähnlichen Erlebnissen gespickt, aber trotz aller Ärgernisse muss ich zugeben, eine sehr schöne Zeit gehabt zu haben.

Im Schulsport wurde damals zumeist Völkerball gespielt. Das war uns Zehnjährigen doch zu sehr Mädchensport, sodass drei gleichaltrige Schulkameraden und ich uns in der Fußball-Schülermannschaft im Nachbarort anmeldeten und zweimal in der Woche zu trainieren begannen. Wir wurden jedes Mal von einem Betreuer dieses Vereins mit dem Auto abgeholt und wieder nach Hause gebracht, was für uns sehr bequem war. Nach einiger Zeit haben wir uns durch gute Leistungen für die Mannschaft qualifiziert. Unser Trainer teilte uns eines Tages nach dem Donnerstagstraining freudig mit, dass wir alle vier am Wochenende zum Einsatz kommen sollten. Nun hatte ich aber ein Problem, denn das Training konnte ich mit normalen Turnschuhen absolvieren, im Spiel jedoch brauchte ich richtige Fußballschuhe, die ich leider nicht besaß. Meine Mutter gewährte mir gnädig fünfundzwanzig Mark, damit ich mir am Freitag in der Stadt Fußballschuhe kaufen konnte. Das Fahrgeld für den Bus (achtzig Pfennig) bekam ich extra.

In freudiger Erwartung fuhr ich nach der Schule in die Stadt und lief schnurstracks Richtung Schuhgeschäft. Da kam mir allerdings der Rummelplatz in die Quere. Eine Runde mit dem geliebten Autoscooter kann nichts schaden, dachte ich und löste eine Fahrkarte. Von wegen! Ich fuhr mich in einen Rausch hinein, löste noch sehr viele Fahrkarten, und irgendwann hatte ich das ganze Geld bis auf zwei Mark ausgegeben. Nun hatte ich ein riesiges Problem: Geld weg, keine Fußballschuhe und jede Menge Angst!

Ich habe mir damals geschworen, nie mehr Geld auf dem Rummelplatz auszugeben, was ich auch bis heute, mit wenigen Ausnahmen, durchgehalten habe. Ich erinnerte mich, dass unser Betreuer irgendwann gesagt hatte, wenn wir Fußballschuhe bräuchten, würde er uns welche verkaufen. Also machte ich mich voller Hoffnung auf den Rückweg und verließ den Bus im Wohnort des Betreuers. Schweren Herzens klingelte ich an seiner Tür und erzählte ihm, dass ich auf dem Weg zum Schuhgeschäft mein Geld verloren hätte.

Er hatte selbstverständlich die passenden Schuhe auf Lager und gestattete mir, sie in Raten abzuzahlen, jede Woche fünfzig Pfennig. Wenn ich nicht bezahlen könne, würde er meiner Mutter alles sagen. Die Raten hat der Betreuer natürlich niemals eingefordert, wofür ich ihm heute noch sehr dankbar bin. Leider ist dieser gute Mensch inzwischen verstorben.

Als ich zu Hause ankam, war meine Mutter sogar ein wenig stolz auf mich, dass ich noch zwei Mark mit nach Hause gebracht hatte. Ich sage nur, dieser Kelch war gerade noch mal an mir vorübergegangen, obwohl oder gerade weil das Erlebte gleich mit zwei Lügen verbunden und bis zum heutigen Tag mein Geheimnis geblieben war.

Nebenbei sei noch erwähnt, dass ich von unserem Trainer ins Tor gestellt wurde. Da ich recht klein war, nutzten die Gegenspieler mein Handicap schamlos aus und platzierten die Torschüsse oberhalb meiner Reichweite. Seitliche Einschläge konnte ich verhindern, trotzdem kassierte ich bei meinem Einstand vierzehn Tore. Es war ja auch unfair, dass wir gegen Ältere spielen mussten, die mindestens einen Kopf größer waren als wir.

Zu Hause musste ich erzählen, wie das erste Spiel gelaufen war. Natürlich hatte ich gespielt wie ein Weltmeister und war der beste Junge auf dem Platz. Mit sehr viel Pech hätten wir nur 2:0 verloren, behauptete ich frustriert. Das war etwas naiv von mir, denn am nächsten Tag war das richtige Ergebnis in der Tageszeitung zu lesen. Wieder was gelernt: nur lügen, wenn keine Widerlegung möglich ist!

Meine Spielstärke verbesserte sich in den nächsten Spielen erheblich. Ich schaffte es mit zwölf Jahren sogar bis in die Landesauswahl. Die Zeit verging sehr rasch. Eine schöne Zeit war es allerdings nicht, denn weil ich oft log, bekam ich oft Prügel. Mein ältester Bruder hielt mich fest, und meine Mutter versohlte mir den Hintern. Der Einzige, der immer zu mir hielt, war mein lieber Bruder Horst und ab und zu meine Oma. Diese Zeit sollte meine Zukunft erheblich beeinflussen, da ich in den kommenden Jahren immer aggressiver wurde. Ein Grund dafür war ein sehr trauriges und für mich traumatisches Ereignis, das ich nur mit viel Scham erzählen kann.

Ein Arbeitskollege meiner Mutter, nennen wir ihn Toni, versuchte eine Zeit lang mit ihr anzubändeln und war des Öfteren bei uns zu Besuch. Eines Abends, nachdem Toni einen über den Durst getrunken hatte, fragte er meine Mutter, ob er mit mir in seinem Auto eine kleine Spritztour unternehmen dürfe.

Ich war selbstverständlich Feuer und Flamme, aber meine Mutter hätte niemals ihr Einverständnis geben dürfen, weil Toni betrunken war. Ich setzte mich auf den Beifahrersitz, und wir fuhren einige Kilometer, als Toni auf einem Parkplatz im Wald anhielt. Ich hatte plötzlich unbeschreibliche Angst und konnte mich kaum bewegen. Toni sagte: »Du brauchst keine Angst zu haben, denn wir machen jetzt etwas Schönes.« Er näherte sich meinem Gesicht mit seinem bestialischen Biergestank, den ich noch heute riechen kann. Damals konnte ich diese Situation nicht einschätzen, aber heute erinnere ich mich, dass er mich wie eine Frau geküsst hat. Er entblößte meinen ganzen Körper und fing an, mich zu streicheln. Ich fror und hatte sehr große Angst.

Die Einzelheiten möchte ich hier nicht ausbreiten. Jedenfalls missbrauchte er meinen kleinen Körper für seine ekligen Fantasien. Bei seiner Selbstbefriedigung musste ich ihm helfen. Nach einer mir endlos scheinenden Zeit, ich sehe seine Fratze noch vor mir, fasste er mit seiner großen Hand meinen Hals und drohte: »Wenn du etwas erzählst, werde ich dich und deine Mama ertränken!« Ich sollte zu Hause sagen, wir hätten irgendwo eine Cola getrunken. Aus Angst und Scham habe ich das meiner Mutter so weitergegeben. Jetzt hatte ich sogar noch für jemand anderen gelogen. Ich versichere, dass sich das Erlebte genau so abgespielt hat.

Als ich erwachsen war, spielte ich mit dem Gedanken, mich an diesem Mistkerl zu rächen. Ich lauerte ihm eines Nachts auf, aber zu meinem Glück kam er in dieser Nacht nicht nach Hause, denn ich weiß nicht, was ich ihm damals alles angetan hätte. Ich wurde noch härter und sturer, hauptsächlich meiner Mutter gegenüber, denn sie hätte diese Spritztour ganz einfach verbieten müssen. Toni hat inzwischen seine gerechte Strafe erhalten, denn er starb unter großen Schmerzen.

Wir bekamen damals kaum Taschengeld. Kein Wunder, denn wir sind in armen Verhältnissen aufgewachsen: eine alleinerziehende Mutter mit drei hungrigen Buben.

Aber Not macht erfinderisch. Wir hatten die Idee, am Wochenende Blumen zu verkaufen. Doch woher Blumen nehmen? So klauten wir unsere Ware anfangs immer aus den Gärten im Dorf. Dann banden wir kleine Sträußchen, und ab ging es an die Bundesstraße. Dort stellten wir uns an den Straßenrand und winkten mit den Blumen, bis ein Auto anhielt. Für einen Strauß bekamen wir fünfzig Pfennig.

Später gingen wir auf die Wiesen und pflückten Schlüsselblumen, Gänseblumen, Kornblumen und andere, die sehr viel besser zu verkaufen waren. Nun bekamen wir pro Strauß schon eine Mark. Meine beiden Freunde und ich engagierten drei jüngere Kameraden, die für uns die Blumen von den Wiesen holten. Dafür sollten sie einen Anteil vom Verkaufspreis bekommen. Am Anfang hielten wir uns an die Abmachung, aber dann reduzierten wir stetig unsere Ausgaben, schließlich bis auf null. Unsere drei Pflücker waren damit natürlich nicht einverstanden und verkauften eines Tages ihre eigenen Blumen an der Straße. Das sahen wir als unlauteren Wettbewerb an und verjagten die drei. Die wiederum holten sich Hilfe bei den Jungs aus der achten Klasse, die uns dann buchstäblich des Feldes verwiesen. Es ging hin und her, aber wir waren zu hartnäckig und machten die besten Geschäfte. Jedenfalls hatten wir durch unsere Einnahmen niemals Mangel an Zigaretten, und manchmal half auch ein kleiner Griff in die Kasse der Oma. Sie hatte eine Getränkeverkaufsstelle, allerdings mit ziemlich geringen Tageseinnahmen, sodass nur wenig zu holen war. Aber ich spürte zu oft, dass Stehlen nur wehtut und ein schlechtes Gewissen erzeugt.

Unser Haus hatte damals noch keine Toilette, sodass wir über den Hof gehen mussten, um unser Geschäft zu erledigen. Die hölzerne alte Eingangstür des Klohäuschens hatte ein herzförmiges Loch. Im Toilettenhäuschen befand sich oben unter der Decke ein Brett, wo mein ältester Bruder seine Zigaretten versteckte. Er wusste aber nicht, dass mein Bruder Horst und ich dieses Versteck kannten. So bedienten wir uns des Öfteren am Eigentum des ältesten Bruders und rauchten genüsslich gleich auf der Toilette. Doch eines Tages stand meine Oma am Fenster und beobachtete, wie plötzlich herzförmige Rauchzeichen aus der Toilette kamen. Diese Zigarette hatte einen ganz bitteren Nachgeschmack, denn es gab eine kräftige Abreibung. Wenn mein Bruder sich nach seinen verschwundenen Zigaretten erkundigte, antworteten wir stets nach dem Motto: »Mein Name ist Hase, ich weiß von nichts.« Darauf suchte sich mein Bruder ein anderes Versteck, aber vergeblich. Das kriegten wir auch heraus.

Meine zweite große Kinderliebe war ein kleines, rothaariges, pummeliges, mit Sommersprossen übersätes Mädchen. Wir waren fast vierzehn, und sie hatte unverständlicherweise beide Augen auf einen älteren Mitbewerber geworfen. Ich konnte machen, was ich wollte, aber dieser Kerl konnte immer alles besser als ich. Ich verbreitete Lügen, um diesem Typen eins auszuwischen. Es half jedoch alles nichts, denn sie hatte leider nur ihn in ihrem roten Köpfchen.

Eines Morgens in der Pause fasste ich Mut und vermöbelte diesen verhassten Schönling in der Toilette derart, dass er mit blutender Nase nach Hause rannte. Obwohl er etwas größer war, hatte er keine Chance gegen einen verliebten, zornigen Wicht wie mich. Als mich sein Vater verhörte, nahm ich mir ein Beispiel an der kleinen Schwarzhaarigen, von der ich bereits erzählte, und stritt alles ab. So ergab sich auch, dass plötzlich dieser Weichling von der Rothaarigen fast nicht mehr beachtet wurde. Ich hatte mir ihre Zuneigung hart erkämpft.

Doch ich wollte diese hässliche Kröte nicht mehr und sah mich in der Konfirmandenstunde nach einer Neuen um. Da gab es doch tatsächlich eine, die ich mochte und die mir sympathisch war. Sigi war ihr Name. Ich nahm allen Mut zusammen und fragte sie: »Wollen wir zusammen gehen? Ich lade dich am Sonntag ins Kino ein.«

Sie stimmte begeistert zu, und wir verabredeten uns. Ihr Bruder spielte mit mir Fußball in der gleichen Mannschaft, und so kam es, dass ich ihm von meiner Eroberung berichtete. Das kommentierte er abschätzig: »Die geht doch mit jedem! Such dir doch eine andere.« Ich aber ließ mich nicht verdrießen, fieberte dem kommenden Kinobesuch entgegen und konnte es kaum erwarten, meine Eroberung auszuführen. Der Sonntag kam, aber ich hatte leider kein Kinogeld. Ich ging trotzdem zu der Verabredung, musste der Holden aber schweren Herzens gestehen, dass mir mein Bruder das hart ersparte Kinogeld geklaut hätte. Das war zwar gelogen, aber mir fiel nichts anderes ein, als sie zu fragen, ob nicht sie stattdessen bezahlen könne. Sie war aber genauso blank wie ich, und wir entschlossen uns, spazieren zu gehen. Den ersten Kuss hatte ich mir zwar etwas »geschmackvoller« vorgestellt, aber es war ein schöner Spaziergang ohne Hintergedanken.

Diese erste Freundin machte nach acht Tagen mit mir Schluss, denn meine Annäherungsversuche dauerten ihr doch zu lange. Sie wollte anscheinend mehr, was ich zu diesem Zeitpunkt nicht wusste, denn ich hatte ja keine Ahnung, wie man mit heranwachsenden jungen Mädchen umgeht.

Meine zweite Freundin lernte ich dann etwa drei Monate später kennen, und ich nahm mir vor, dass so ein Reinfall wie beim ersten Mal nicht noch einmal passieren würde. Also versuchte ich sie beim ersten Treffen mit in den Wald zu nehmen, um ihr etwas näherzukommen. Ich wusste zwar nicht genau, was ich machen sollte, kannte aber aus Erzählungen von anderen Jungs eine gewisse Vorgehensweise, die ich nun auch versuchen wollte, in die Tat umzusetzen. Aber schon der Versuch, ihre Bluse zu öffnen, gab ihr Anlass genug, mir eine zu schmieren und fluchtartig wegzurennen.

Ich verstand die Welt nicht mehr. Da wollte ich dieses Mal alles richtig machen und konnte nicht nachvollziehen, dass es der einen nicht schnell genug gehen konnte und die andere so überhaupt kein Interesse an meinen Annäherungsversuchen hatte. Komisch, das sollte verstehen, wer will, ich nicht! Aus diesem Grund entschloss ich mich, vorerst die Finger vom weiblichen Geschlecht zu lassen.

Teenagerzeit

Meine ersten Erfahrungen mit dem Liebesleben endeten fruchtlos, und ich widmete mich vorerst wieder dem Fußball und meinen Freunden. Ein Wechsel in eine andere Mannschaft und somit in eine höhere Liga war mit großem Aufwand verbunden. Da kam mir mein Berufseinstieg (Lehre als Steinmetz und Bildhauer) gerade recht, weil mein damaliger Lehrmeister sehr viel Verständnis für mein Hobby aufbrachte und mich förderte und unterstützte, wo er nur konnte.

Ich entschloss mich, nur noch in tatsächlichen Notlagen zu lügen, wenn es partout nicht zu vermeiden war. Leider kam ich von nun an von einer Notlage in die andere.

Beginnen möchte ich mit einer Episode aus den Anfängen der Berufsschulzeit. Der erste Schultag in dieser Berufsschule diente hauptsächlich dazu, sich einzugewöhnen und gegenseitig kennenzulernen. So weit lief auch alles reibungslos. Die Informationen über Stundenplan und Uhrzeiten jedoch sorgten für großes Missbehagen bei den Schülern, denn die Busverbindungen ließen sich nicht mit dem Unterrichtsbeginn vereinbaren. Ich jedenfalls wollte morgens nicht eine Stunde früher aufstehen, um pünktlich zu Schulbeginn in der Klasse zu sitzen. Also erfand ich eine weitere haarsträubende Story: Mein Opa, der schon lange nicht mehr zu Hause wohne, sei aus gesundheitlichen Gründen (Lähmung) bei seiner morgendlichen Toilette unbedingt auf meine Hilfe angewiesen. Da alle Familienmitglieder um diese Uhrzeit schon aus dem Haus seien, sei ich als treusorgender Enkel für diese notwendige Hilfestellung verantwortlich. Ich wurde aufgefordert, dafür einen Nachweis zu erbringen. Obwohl ich mich darum nicht scherte, wurde meine übliche fünfzehnminütige Verspätung vom Lehrer akzeptiert. Da ich kein großes Interesse an Theorie hatte, lernte ich nicht allzu viel, und ich war nicht der Einzige, der eine solch unvorteilhafte Einstellung zum Lernen an den Tag legte. So wurde eifrig gelogen, um der notwendigen Lernerei zu entkommen. Mein damaliger Lehrmeister unterstützte mich in der Haltung, dass ein guter Handwerker hauptsächlich sein Handwerk verstehen müsse. Und das würde ich bei ihm schon lernen.

Ich dachte, als Innungsmeister muss er es ja wissen, und vertraute ihm in allen Bereichen. Er war für mich ein Ersatzvater und sehr gut zu mir, denn er hatte viel mit mir vor … Seine Tochter war ein Jahr jünger als ich und wahrscheinlich schlecht an den Mann zu bringen. Sie war rund, kräftig und nicht gerade hübsch. Ich dachte, wenn die älter wird, sieht sie ja aus wie ihre Mutter! Unzumutbar, lautete damals schon mein Entschluss. Meinen Chef aber ließ ich in dem Glauben, dass ich später seine Tochter heiraten und mit ihr sein Geschäft übernehmen würde, was mir sehr viele Vorteile während meiner wirklich schönen Lehrzeit einbrachte. Ich gebe zu, es war nicht ehrlich und fair von mir, aber es hat sich für mich immer gelohnt. Mein Chef war Jagdpächter, und sooft es ging, nahm er mich mit auf die Jagd. Dann sagte er morgens: »Pack die Hunde ins Auto! Wir machen uns einen schönen Tag. Der Geselle soll deine angefangene Arbeit beenden!«

Seine Tochter zwinkerte mir bei jeder Gelegenheit kräftig zu und forderte jedes Mal meine Zuneigung, aber eine Neigung hatte ich unter keinen Umständen. Leider ließ sich ein Kontakt nicht immer vermeiden. Doch ich hatte Ausreden ohne Ende und konnte mich durch meine Lügerei meistens von ihr fernhalten. Dennoch versuchte sie es immer wieder. Nur mit meinem Chef hatte ich Mitleid, auch wegen seiner Frau, die er doch liebevoll »mein altes Reibeisen« nannte, und seiner penetranten Tochter. Da wurde mir klar, warum wir sehr oft den ganzen Tag auf der Jagd verbrachten ...

Der Vollständigkeit halber sei erwähnt, dass ich meine Lehre dank meines liebenswerten Chefs mit den Noten »gut« (Praxis) und »befriedigend« (Theorie) erfolgreich abschloss.

Aber nun zurück zu meinem Lieblingssport Fußball. Ich hatte einen ziemlichen Ehrgeiz und war durch meine guten Leistungen sehr schnell in die neue Mannschaft integriert. Wir putzten damals alle Mannschaften regelrecht vom Platz und stiegen sofort in die nächsthöhere Klasse auf. Plötzlich war ich vollkommen unerwartet bei den Mädels im Gespräch. Sie baggerten, wo es nur ging. Der Haken an der Sache war nur, dass ich mit knapp 16 Jahren noch nicht bereit war, mich für eine zu entscheiden. Gelegenheiten für meine ersten Sex-Erfahrungen hatte ich wirklich genug. Der Reiz war da, aber meine Schüchternheit und Angst vor dem ersten Mal waren zu groß, sodass ich in brenzligen Situationen immer wieder vorschützte: »Ich habe schon eine feste Freundin!«

War das eine Lüge? So konnte ich mir wenigstens die Meute vom Halse halten. Ich wusste aber, dass ich bei den Mädels sehr gut ankam, was mir in dieser Beziehung mehr Selbstvertrauen einbrachte.

Eines Tages brachte ein Mannschaftsmitglied seine Schwester mit zum Spiel. Als ich sie sah, war mir klar: Die wollte ich haben! So kam es, dass ich mich Hals über Kopf in sie verliebte. Mir scheint, an diesem Tage habe ich mein schlechtestes Spiel geliefert, denn meine volle Konzentration lag bei ihr und nicht im Spiel. Voller Spannung wartete ich auf den Schlusspfiff. In der Kabine behauptete ich, mir sei sehr schlecht gewesen und ich hätte Kreislaufprobleme gehabt. Der eigentliche Grund für meine lausige Leistung aber war die Anwesenheit von Christel.

So hieß nämlich dieses außerordentlich schöne Wesen. Sie war fünfzehn Jahre alt, hatte lange schwarze Haare, ein anmutiges Gesicht und sah aus wie ein Model. Für mich einfach unvorstellbar schön. Konnte ich diese Schönheit wirklich als Freundin haben?

Jetzt oder nie, sagte ich mir und sprach sie bei der nächsten Gelegenheit einfach an. Meine offene, geradlinige Art gefiel ihr wohl gut, und sie signalisierte Interesse an mir. Es funkte, kribbelte, und ich wusste nicht, wie mir geschah! Am selben Abend noch gestand ich ihr, dass ich mit der »festen Freundin« gelogen hatte. Sie hatte Verständnis, und ich bekam meinen ersten richtigen Kuss, den ich sehr genoss. Glücklich und mit stolzgeschwellter Brust fuhr ich mit dem Bus nach Hause und erzählte meinem besten Freund von meiner Eroberung. Natürlich übertrieb ich maßlos und behauptete, ich hätte Sex mit ihr gehabt. Nun wollte er unbedingt Einzelheiten von mir wissen, denn er war wie ich noch jungfräulich. Ich musste in meiner Fantasie alles Mögliche zusammenlügen, denn die Gier guckte dem armen Kerl aus allen Knopflöchern.

Seit diesem Abend kannte ich nur einen Gedanken: Wie schaffe ich es, sie ins Bett zu kriegen, ohne dass sie bemerkt, dass es mein erstes Mal sein würde? Etwa zwei Wochen später war es dann so weit. Ihre Eltern waren übers Wochenende weggefahren, und ich durfte bei ihrem Bruder übernachten. Sie und ich waren uns einig, dass ich sie in dieser Nacht in ihrem Zimmer besuchen würde, ohne dass der Bruder etwas mitbekommen sollte.

Wir machten uns gemeinsam auf den Weg zum nächsten Tanzcafé und amüsierten uns mit leichten alkoholischen Getränken. Der Bruder brauchte allerdings härtere Betäubungsmittel: Schnaps, Schnaps und mehr Schnaps. Da dauerte es nicht lange, und wir mussten den Volltrunkenen nach Hause begleiten und sorgsam in seinem Bett ablegen. Danach gingen wir eng umschlungen die Treppe hoch, hielten uns fest im Arm und zitterten vor lauter Aufregung und Vorfreude. Aber hoppla, da war ja Licht im Elternschlafzimmer!

Blitzartig vergingen mir meine Lustgedanken. Ich machte kehrt und schlich zurück in das Zimmer des Bruders. So ein Mist, dachte ich, kurz davor abbrechen zu müssen! Jede Menge Geld für Schnaps ausgegeben, und alles umsonst. Das konnte doch nicht sein!

Kurz darauf aber öffnete sich leise die Zimmertür, und Christel flüsterte: »Komm mal mit.« Ich ließ mich nicht lange bitten. Sie stand im Flur und kicherte vor sich hin. »Meine Eltern lassen immer das kleine Licht brennen, wenn sie wegfahren. Das soll Diebe abschrecken!«

Erleichtert, aber doch etwas verunsichert starteten wir den zweiten Versuch. Als wir in ihrem Zimmer waren, wusste keiner so recht, wie es weitergehen würde. Jedenfalls lagen wir beide irgendwann nackt und eng umschlungen in ihrem doch recht kleinen Bett. Ich hatte nun endlich mein Ziel erreicht und war buchstäblich erleichtert. Am kommenden Morgen fragte ich sie, wie ich so war. Sie antwortete: »Super! Und wie war ich?«

Ich antwortete: »Sensationell!«

Ich bin der festen Überzeugung, dass wir beide gelogen haben, denn diese Aktion war jedenfalls nicht das, was ich mir vorgestellt hatte. Trotzdem wiederholten wir das Ganze noch dreimal, und von Mal zu Mal kam es meiner Vorstellung etwas näher.

Das Thema Christel war allerdings nach vier Wochen durch. Ich konnte die Klammerei nicht ertragen. Eigentlich schade, denn sie war doch sehr lieb und sieht heute noch sehr gut aus.

Der Bruder war seitdem irgendwie auf der Alkoholspur. Er konnte allerdings die Richtung wieder wechseln, hat heute eine liebe Familie und führt ein harmonisches Leben. Ich für meinen Teil hatte mein Selbstvertrauen steigern können und nutzte jede Gelegenheit, das weibliche Geschlecht zu beglücken. Ich war verwundert, wie naiv manche Frauen auf meine verschiedenen Strategien abfuhren, obwohl ich noch sehr jung war. Aber ohne Lügen wäre ich niemals in den Genuss gekommen, ab und zu zwei Freundinnen gleichzeitig zu haben. Meine Freunde wunderten sich immer wieder, wie ich es schaffte, so viele Chancen zu haben. Ehrlich gesagt, ich weiß auch nicht, warum. Ohne ins Detail zu gehen, schildere ich ein paar nennenswerte Ereignisse und fange mit der damaligen Freundin von Christels Bruder an.

Wegen seines Schnapskonsums hatte dessen Freundin regelrecht die Schnauze voll und ließ sich gerne ab und zu von mir trösten. Sie war aber nicht so attraktiv, dass ich mehr von ihr wollte. Die Situation habe ich voll ausgenutzt, aber auch bereut, denn ich hätte fast einen guten Freund verloren. Gott sei Dank hat er meine Lügen geglaubt und sie später zur Frau genommen. Den meisten Erfolg bei einer Frau hatte ich mit dem Kompliment, welch eine unwiderstehliche Ausstrahlung ihr schönes Gesicht habe (kurz und knapp: Bei dir passt einfach alles! Klasse!). In den meisten Fällen war das gelogen oder zumindest erheblich übertrieben, was mir allerdings egal war, denn ich erreichte fast immer mein Ziel.

Dies war auch bestimmt ein Grund, weshalb ich in viele Schlägereien mit gleichaltrigen Jungs verwickelt war, obwohl ich die Prügeleien nicht angefangen habe. Aber auch hierbei habe ich meistens den Ort als Sieger verlassen.

So kam es, dass ich auf einer Party eingeladen war und mich an eine, so vermutete ich, ungebundene Schönheit heranmachte. Sie verfiel regelrecht meiner Anmachstrategie und hing den ganzen Abend an mir. Schließlich knutschten wir in jeder Ecke, und ich dachte nur: Wie kriege ich sie zum Sex?

Wahrscheinlich wäre es auch dazu gekommen, wenn nicht auf einmal ihr Freund aufgetaucht wäre. Als er uns sah, ging er sofort zum Angriff über und stellte mich zur Rede. Meine Lügen glaubte er mir einfach nicht und schlug mit seiner Faust auf meine Brust.

Dieser Schlag tat doch sehr weh, und für kurze Zeit blieb mir die Luft weg. Außerdem ging mein Vorschlag nach hinten los, das Mädchen doch ganz einfach zu fragen, ob da was war. Ich konnte doch nicht ahnen, dass diese blöde Kuh ihm die Wahrheit sagen würde! Dann kam er auf mich zu, aber nun war ich auf seinen Angriff vorbereitet und konnte seinem Schlag gerade noch ausweichen. Sein Verhalten brachte mich so in Rage, dass ich ihm erheblichen Widerstand leistete und schließlich einen Punktsieg errang. Auf einmal sagte er: »Es ist genug.«

Mit blutigem Hemd marschierte ich anschließend zu meinen Freunden in die Kneipe und prahlte, ich hätte mich gegen drei Gegner durchgesetzt. Warum lüge ich bloß dauernd?, fragte ich mich im Stillen und nahm mir zum wiederholten Male vor, künftig bei der Wahrheit zu bleiben.

Allerdings bemerkte ich schnell, dass ich mit ehrlichen Aussagen und Komplimenten, zumindest bei den Frauen, öfters auf Ablehnung stieß. Ein Beispiel war die damalige Freundin meines ältesten Bruders, Eva. Ich dachte, ich könnte ihm eins auswischen, und nahm die Gelegenheit wahr, mit ihr zusammen ihre Schwester zu besuchen. Mein Bruder und ich sahen uns sehr ähnlich, deshalb nehme ich an, dass ich als Vorzeigeobjekt herhalten musste. Dies störte mich aber nicht, denn ich wollte sie flachlegen: Rache am Bruder!

Sie stellte mich ihrer Schwester als ihren Freund vor und erntete Zustimmung. Evas Aufforderung, sich mal für eine Stunde zu verkrümeln, kam die Schwester gerne nach und verschwand von der Bildfläche. Ohne Zögern ging es zur Sache. Ein penetranter Geruch konnte mich nicht abhalten, mit ihr zu schlafen. Als wir fertig waren, erzählte ich ihr jedoch einen Witz von Adam und Eva.

Eva sagte zu Adam: »Ich bin eine Frau, aber leider ohne Scheide.« Sie ging weinend in den Wald. Da kam ein Specht angeflogen und fragte: »Warum weinst du?« Eva erklärte ihm ihr Problem, worauf er ihr eine Scheide auspickte. Seither ist bekannt, dass der Specht Löcher picken kann. Zufrieden zeigte Eva dem Adam ihre Scheide. Adam sagte: »Aber die ist ja ohne Haare.« Eva lief wieder weinend in den Wald, da kam ein Affe und fragte: »Warum weinst du?« Sie schilderte ihm das Problem, und er gab ihr von seinen Haaren. Nun weiß man auch, dass Affen einen nackten Hintern haben. Als sie glücklich zurück bei Adam war, probierte er und sagte: »Es geht nicht. Das ist ja ganz trocken.« Frustriert wollte sich Eva im See ertränken, doch da kam ein Fisch und sagte: »Weine nicht! Ich mache es dir nass«, und schlüpfte in Evas Scheide. Seitdem weiß man nicht, ob Fisch nach Scheide oder Scheide nach Fisch riecht.

Eva hat diesen Witz zu persönlich genommen. Damit hatte sie auch recht, aber dieses Mal hatte ich nicht gelogen.

Mein Freund Franz und ich hatten damals noch keinen fahrbaren Untersatz und mussten unsere Kurzreisen daher zu Fuß bewältigen. Wir waren die größten Fans einer Drei-Mann-Kapelle und besuchten regelmäßig deren Tanzveranstaltungen ...

(Einen kleinen Augenblick bitte! Ich muss unterbrechen, da meine Frau mich gerade fragt, ob ich bei der Krankenkasse angerufen habe, um ein paar wichtige Dinge zu klären. Ich kann sie beruhigen und antworte: »Ja, natürlich, Liebling!« Mist, denke ich, das habe ich wieder vergessen. Morgen muss ich unbedingt daran denken! So, nun kann ich in Ruhe weiterschreiben.)

... einen Marsch von sieben Kilometern nahmen wir dafür gerne in Kauf. Eines Tages hatten wir uns mit zwei einundzwanzigjährigen Frauen zum Tanzen verabredet und mussten uns für diesen Abend etwas Mut antrinken. Als wir in dem Ort eintrafen, suchten wir die erste Kneipe auf und nahmen zwei Gläser Apfelwein zu uns. Mutig und etwas beschwipst tanzten wir vergnügt den ganzen Abend mit unseren Damen. Zu später Stunde, so dachte ich mir, könnte ich vielleicht auch bei einer älteren Frau einen Schuss landen. Aber wie? Franz hatte sich schon an die dickere rangemacht und auf Teufel komm raus geschmust und geschwoft. War ja auch klar mit seinem Fast-Vollrausch. Ich machte meiner Partnerin an dem Abend nur ehrliche Komplimente und log nicht. So flüsterte ich in ihr abstehendes Ohr: »Du riechst aber gut!« Worauf sie antwortete: »Das ist aber nur Siebenundvierzigelf.«

Wie es auch war, ich dachte: »Komisch, mit jedem Glas Apfelwein wird dieses Geschöpf ein wenig schöner.« Bis der Punkt kam, wo sie am schönsten und ich mit Franz einig war, dass jetzt die Gelegenheit günstig wäre. Arm in Arm torkelten wir aus dem Tanzlokal und steuerten geradewegs auf das gegenüberliegende Bachgeländer zu. Mitten auf der Straße aber zog es Franz und mir die Beine wie von Geisterhand weg, und unser Gedächtnis ließ uns kurzfristig im Stich. Als wir erwachten, stellten wir fest, dass die beiden Damen uns an die Mauer gesetzt hatten und einfach verschwunden waren. (Wir waren ihnen aber nicht böse und verbrachten später mit ihnen noch sehr schöne Tanzabende, allerdings ohne zum Zug zu kommen.)

Franz und ich warteten, bis wir einigermaßen klar im Kopf waren, und traten den schweren, sich hinziehenden Heimweg an. Wir stützten uns gegenseitig und hatten ungefähr die Hälfte des Weges bewältigt, als neben uns ein Auto anhielt. Der Fahrer öffnete das Fenster, und wir erkannten einen Nachbarn.

Hämisch fragte er, ob wir schon nach Hause wollten. Freudig antworteten wir: »Ja!«

»Dann lauft nach Hause«, erwiderte er und fuhr einfach ohne uns zwei davon. Das war ja eine ganz üble Nummer! Ich verstehe bis heute nicht, wie ein Mensch in so einer Situation derartig gemein sein kann, aber das hatte ein Nachspiel. Doch darauf möchte ich nicht näher eingehen.

Dieses Erlebnis hatte zur Folge, dass wir uns sagten: »Warum denn in die Ferne schweifen, wenn das Gute liegt so nah?« So verbrachten wir in den kommenden Wochen unsere Abende häufig in unserem Heimatort. Das war allerdings reichlich langweilig, und daher wurden die reinsten Sauforgien abgehalten. Die einheimischen Fräuleins waren unantastbar. Zwar versuchten wir alles Mögliche, um mit ihnen eine Liebesbeziehung aufzubauen, was jedoch jedes Mal misslang.

Aber eine gab es, die ich sehr lieb und sympathisch fand. Anna war ihr Name. Sie war recht klein, schwarzhaarig und wirklich schön. Ich glaube, sie hat auch mich gerne gesehen. Als unsere jährliche Maitour, die über die Nacht gehen sollte, anstand, fragte ich Anna, ob sie Lust hätte mitzukommen. Begeistert antwortete sie: »Gerne, wenn mich mein Vater mitgehen lässt.« Tatsächlich bekam sie die Erlaubnis, und wir gingen mit einigen gleichaltrigen Mädels und Jungs auf Tour, wie immer mit Bier beladen. Es war dunkel, und außerhalb eines Ortes wollte ich mehr als nur brav Händchen halten. Wir setzten uns am Straßenrand in die Wiese, und ich versuchte ihr klarzumachen, welche Vorteile sie hätte, mich als festen Freund zu haben. Ich log mal wieder, was das Zeug hielt, aber mehr als zwei, drei flüchtige Küsse waren für mich nicht drin. Ich startete zwar in den kommenden Tagen noch einige Versuche, aber vergeblich. Ich hatte keine Chance.

Dann brachte ich meine Lehre zu Ende und suchte mir einen anderen Arbeitsplatz. Die Tochter des Chefs hatte inzwischen einen Freund. Gott sei Dank! Der Fußballsport verlor immer mehr an Bedeutung, und ich wechselte wieder in meinen alten Verein. Meine Führerscheinprüfung habe ich so absolviert, dass ich an meinem achtzehnten Geburtstag den Führerschein und ein altes Auto hatte. Alle Voraussetzungen zum Erwachsensein waren geschaffen, nur wohnen durfte ich noch bei Oma.

Im Rückblick war es ein sehr schöner und ereignisreicher Lebensabschnitt, in dem ich zwar viel gelogen, teilweise aber auch »ehrliche Phasen« hatte. Diese brachten allerdings nicht ganz so viel Erfolg und Ruhe. Das Lügen hatte sich bewährt.

Probezeit

Nun war die Zeit gekommen, mir eine Partnerin für eine feste Beziehung zu suchen und mit einem Existenzaufbau zu beginnen.

Ich war zu der Erkenntnis gelangt, dass verschiedene, reale Situationen ganz einfach Tatsachen sind, aber mit einer Lüge sehr variabel verändert werden können. Der Lügner erhält durch seine Lüge die Möglichkeit, die Tatsachen auf seine persönlichen Gedanken und Wünsche zuzuschneiden, so wie es ihm eben am besten gefällt. Es gibt unbegrenzt viele Möglichkeiten, die Fakten zu manipulieren, wenn man die notwendige Fantasie besitzt.

Wie schon gesagt, suchte ich mir eine andere Arbeitsstelle, bei der ich gute Zukunftsperspektiven hatte. Die neue Firma, deren Juniorchef ich sehr gut kannte, gab mir die Möglichkeit, meine künstlerischen Vorhaben als Bildhauer zu realisieren. Mit großer Freude habe ich meinen Beruf ausgeübt und für damalige Verhältnisse schon ein sehr gutes Einkommen erzielt. Ich übernahm Arbeiten, die meine Arbeitskollegen nicht ausführen konnten oder wollten. So wollte eine bekannte Firmeninhaberin für ihren verstorbenen Vater ein ganz besonderes Grabmal erstellen lassen. Es sollte ein großer, wandernder Hirte werden, in einen runden Naturstein gemeißelt und poliert, links und rechts gestützt von zwei großen Marmorsäulen. Im Auftrag meines Arbeitgebers machte ich mich auf den Weg nach Köln-Deutz und besprach mit dem zuständigen Vermittler aus einem kleinen Steinmetzbetrieb die Vorgehensweise. Als ich erkannte, was da für eine Arbeit auf mich zukam, war mein Eifer plötzlich wie weggeblasen. Ich bekam Angst vor dieser Aufgabe und konnte jetzt nachvollziehen, weshalb meine älteren Arbeitskollegen abgelehnt hatten. Krampfhaft suchte ich nach Ausreden wie »die Werkstatt ist zu klein«, »kein vernünftiges Werkzeug« und vieles mehr, und brachte mit meinen Lügen auch den Auftraggeber zum Grübeln. Aber er konnte mich beruhigen, indem er meinen Wünschen entsprach und sehr teures Werkzeug herbeischaffte sowie eine große Halle anmietete.

Nun denn – das Werk sollte in sechs Wochen fertiggestellt sein, was kaum möglich schien. Der Auftraggeber bemühte sich enorm und lud mich abends in die Stadt ein, woraus sich eine kleine Freundschaft entwickelte. Wir haben gegessen, gesoffen, gehurt, und er hat alles bezahlt. Unter den Voraussetzungen konnte ich nicht mehr ablehnen und begann mit meiner Arbeit. Nach etwa drei Wochen hatte ich die Lust verloren und log, meine Mutter sei erkrankt und ich selbst verspürte Schmerzen im Rücken. Ich mimte den sterbenden Schwan, doch mein Auftraggeber hatte die Gabe, mich zu motivieren, auch mit Geld und Lügen, sodass ich die angefangene Arbeit tatsächlich pünktlich und zufriedenstellend zu Ende brachte. Eigenlob stinkt ja bekanntlich, aber auf dieses Prachtexemplar bin ich heute noch sehr stolz und schließe aus dieser Episode, dass man Angefangenes zu Ende bringen soll, egal wie es ausgeht.

Dann sollte ich zur Bundeswehr, und bei der Musterung wurde festgestellt, dass ich eine Rückgratverkrümmung und einen Bandscheibenschaden hatte. Nach dieser niederschmetternden Diagnose musste ich meinen Beruf leider aufgeben.

In dieser Zeit lernte ich meine liebe Frau kennen. Ich war, wie so oft, wieder einmal in Sachen Fußball unterwegs und spielte mit meiner Mannschaft in einem kleinen rheinhessischen Dorf ein Blitzturnier. Eine Verwechslung mit meinem Bruder – wieder einmal – veranlasste meine spätere Frau, mich abends nach den Spielen im Vereinslokal anzusprechen. Darauf war ich nicht recht vorbereitet, und zuerst schenkte ich ihr keine Beachtung. Erst als sich ein Mannschaftskamerad an sie heranmachte, wurde ich wach. Der Kamerad durfte also auf ihre Handtasche aufpassen, ich jedoch machte mit meiner neuen Bekanntschaft einen kleinen Spaziergang. Als wir uns auf einer Bank niederließen, kamen wir uns näher. Obwohl sie nicht gerade mein Traumtyp war, habe ich mich doch verliebt. Sie hatte eine wundervolle Art, mich zu bezirzen, jedoch nicht unbedingt die für eine Traumfrau entsprechende Figur. Aber trotzdem passte bei ihr einfach alles, und dies war nicht gelogen. Bereits an diesem Abend dämmerte mir, dass dies die Frau sein könnte, mit der ich mein Leben verbringen wollte. Als wir zum Vereinsheim zurückkehrten, wartete dort mein Mannschaftskamerad mit der Handtasche und bedachte uns mit zahlreichen unfreundlichen Äußerungen. In den folgenden Jahren grollte er mir, weil ich ihn aus dem Rennen geworfen hatte, und wir redeten nicht mehr miteinander. Erst fünf Jahre später bei einem Dorffest fasste er Mut und erzählte meiner Frau, wie sehr sie immer noch in seinem Herzen sei. Wenn das nun *seine* Frau gehört hätte! Doch danach waren wir uns auch wieder grün.

Nachdem ich meine spätere Frau kennengelernt hatte, spürte ich in den folgenden Tagen etwas, das ich bis dahin überhaupt nicht kannte. Ich musste dauernd an sie denken und fürchtete, sie könne sich auf einen anderen einlassen. Ich war ja auf einmal eifersüchtig! Aber warum? Das konnte nur Liebe sein. Ich gestehe, dass ich wie so oft zwei Freundinnen auf einmal hatte, aber dieses Mal sollte es anders werden. Für den nächsten Abend war ich mit der anderen verabredet und hatte vor, die Beziehung zu beenden, aber mich verließ der Mut. Ich fing zwar an zu lügen, fand aber dennoch den Abschluss nicht. So vergingen zwei Wochen bis zu einem denkwürdigen Sonntag:

Tagsüber war ich zu Besuch bei meiner heutigen Frau, abends war ich mit der anderen für einen Kinobesuch verabredet.

Als es Zeit wurde, mich zu dem Abendtermin aufzumachen, tischte ich meiner späteren Frau die kreativsten Lügen auf, aber sie wollte mich nicht rechtzeitig gehen lassen. So griff ich zu härteren Mitteln. Ich setzte mich einfach ins Auto und wollte losfahren. Sie jedoch stellte sich in den Weg und warf sich weinend auf die Motorhaube, wobei sie sich auch noch leicht verletzte. Da wusste ich, dass auch sie mich liebte. Ich beendete daraufhin noch am selben Abend die andere Beziehung, ging anschließend in die Kneipe und ließ mich richtig vollaufen.

Von meinen späteren Schwiegereltern wurde ich sofort sehr freundlich in die Familie aufgenommen, wurde bewirtet und gehätschelt wie ein König. Fast jeden Abend fuhr ich die fünfzig Kilometer zu meiner Holden und zurück. Das wäre richtig teuer gewesen, wenn mein damaliger Stiefvater, der eine Bäckerei besaß, nicht dieses Benzinfass im Schuppen gehabt hätte. Ich zapfte und bediente mich ohne Erlaubnis, wie ich es brauchte. Er wunderte sich, warum das Fass immer so schnell leer wurde, aber wenn er mich fragte, war ich natürlich unschuldig und stritt alles ab.

Meine heutige Frau und ich verbrachten trotz diverser Streitereien eine sehr glückliche Zeit miteinander. Wir rauften uns regelrecht zusammen. In der Stadt, in der meine spätere Frau arbeitete, war eine Rockerbande zugange. Sie belästigten und traktierten die Menschen. Alle hatten Angst vor dieser Meute, zugegebenermaßen auch ich. Wir redeten oft über diese Ganoven und gingen ihnen immer aus dem Weg. Doch eines Abends stand ich mit meiner späteren Frau vor einem Café, als unerwartet fünf aus dieser Gruppe ankamen und Streit suchten. Sie gingen uns massiv an und beleidigten uns, worauf wir zunächst nicht reagierten. Ich erinnere mich, dass dann einer mich vorne an der Jacke packte und einen Knopf abriss.

Dies hätte er besser sein lassen, denn ich ergriff die Flucht nach vorne und versetzte ihm einen Schlag mitten ins Gesicht. Er fiel um, und ich, mutig geworden, ging auf die anderen zu und sagte: »Wenn einer noch was will, kann er es haben.« Seitdem respektierte die Meute mich und ließ uns in Ruhe.

Das musste sich wohl herumgesprochen haben, denn es gab da eine Schwarzhaarige, die auf mich abfuhr und trotz der Anwesenheit meiner späteren Frau versuchte, mich ihr auszuspannen. Ich ließ sie zwar abblitzen, aber sie gab nicht auf. Meine Frau war danach sehr eifersüchtig auf sie und ließ mich nicht mehr allein in dieses Café gehen. Sie unterstellte mir in der Folge öfter, ich hätte etwas mit dieser schwarzhaarigen Frau, was ich jedoch jedes Mal erbost verneinte. Ich muss allerdings gestehen, dass das gelogen war, denn ich gebe heute offen zu, zwei Mal bei ihr gewesen zu sein.

Mein damals neues Hobby, außer Fußball, war der Motorsport, den übrigens auch mein Bruder Horst sehr erfolgreich ausübte. Mein Bereich war der Rallyesport. Jedes Wochenende waren mein Beifahrer Hans und ich auf der Piste. Wir fuhren um Meisterschaftspunkte, und unsere Frauen kamen immer zur Siegerehrung nachgefahren. Es waren sehr schöne Abende, die wir gemeinsam zusammen mit der Konkurrenz verbrachten. Dieser Sport war allerdings sehr kostspielig, und ich habe sehr viel Geld dafür investiert. Dennoch bereue ich nicht, dass ich meiner Lust am Autofahren freien Lauf gelassen habe. Wenn ich zusammenrechne, habe ich in meinem Leben den Gegenwert einer schönen Villa für Autos ausgegeben.

Ich erinnere mich noch genau an den Kauf eines wunderschönen Sportwagens mit 1,9 Litern Hubraum. Da meine heutige Frau damals schon ans Sparen dachte, flunkerte ich ihr vor, es sei nur ein kleiner Motor mit 1,1 Litern. Doch da hatte ich sie wohl unterschätzt, denn als sie das Typenschild an dem Auto sah, hatte sie mich erwischt: »Du hast mich belogen. Das sind ja doch 1900 Kubikzentimeter!« Ich versuchte mit weiteren Lügen meinen Kopf aus der Schlinge zu ziehen, aber erfolglos. Sie hatte mich durchschaut, aber glücklicherweise hat sie mir auch verziehen.

Einmal nahm ich als Beifahrer an einer Rallye teil, und wir hatten einen Unfall, bei dem ich mir meinen kleinen Finger brach. Meiner Frau hatte ich vorher erzählt, ich hätte einen Geschäftstermin. Deshalb konnte sie nicht verstehen, wie das passieren konnte. Ich berichtete überzeugend, dass ich auf einer Treppe ausgerutscht sei und mir das Malheur beim Abstützen geschehen sei. Erst viel später erfuhr sie, dass ich sie wieder belogen hatte, denn mein Rallye-Kollege hatte sich in lustiger Runde verplappert und von dem Unfall erzählt. Sie sah mich an und sagte lächelnd: »Das habe ich von Anfang an geahnt.« Kuss und Schluss.

Wir waren immer noch zusammen, aber noch nicht verheiratet. Unser Freundeskreis erweiterte sich, unter anderem auch um ein unglücklich verheiratetes Ehepaar. Sie hatten eine Tankstelle gepachtet, waren aber fast nie am Tage zusammen. Karla hatte andere Interessen als ihr Mann Udo, der den Frauen und dem Kartenspiel sehr zugetan war. Dieses Laster kam mir sehr entgegen, und wir zockten fast jeden Tag, was meinem Geldbeutel sehr guttat. Meiner lieben Frau erzählte ich immer, ich hätte wichtige Geschäftstermine und käme erst spät nach Hause. Dies wurde zu meiner glaubwürdigen Standardausrede, und ich konnte in aller Ruhe meiner Leidenschaft nachgehen.

Wie bereits erwähnt, hatte ich eine Wirbelsäulenverkrümmung und einen Bandscheibenschaden. Um dem entgegenzuwirken, sollte ich eine Kneippkur in Bad Endbach im Landkreis Biedenkopf machen. Schon am ersten Abend habe ich mich mit Helmut angefreundet und mit ihm umgehend die Tanz-cafés im Ort erkundet.

Da mein lieber Schatz mich nur am Wochenende besuchen konnte, musste ein Ersatz gefunden werden. Und richtig: Beim Frühstück erblickte ich eine schöne blonde Bedienstete. Ich suchte sofort den Blickkontakt, den sie sehr intensiv erwiderte. Sie lächelte mich an, und mir war ein sogenannter Kurschatten sicher. Sie lebte in einer Dienstwohnung im Hause und stellte mir schon am zweiten Abend einen Haustürschlüssel zur Verfügung. Meine Strategie ging auf, und ich konnte mit Helmut später als erlaubt, nämlich erst um 22 Uhr, unbemerkt das Haus betreten. Ich kann Ihnen sagen, sie war der wahre Teufel. Wir trieben es, egal wo wir uns unbeobachtet fühlten, einmal sogar auf meinem Mehrbettzimmer.

Da gab es aber noch eine schwarzhaarige Gastronomentochter, die auch zur Kur war. Sie wollte ebenfalls etwas von mir, und ich fuhr wieder auf zwei, na ja, eigentlich auf drei Spuren, was damals ganz schön anstrengend war, denn die beiden wussten ja nichts voneinander und meine liebe Frau schon gar nicht.

Helmut hingegen blieb sauber. Er hätte wohl gerne mit mir getauscht. Dazu fehlte ihm aber ganz einfach der Mut.

Am folgenden Wochenende sollte ich von meiner Liebsten zusammen mit meinem Bruder Horst und dessen Frau Besuch bekommen. Ich suchte krampfhaft nach einer Lösung, dass meine beiden Kurschatten mir die Sache nicht vermasseln konnten. Also erzählte ich den beiden irgendwas vom Pferd und übergab die eine für einen Tanztee meinem Freund Helmut. Die andere hatte Gott sei Dank Dienst und konnte sowieso das Haus nicht verlassen. Ich log wie noch niemals zuvor, und meine Fantasie hat ein weiteres Mal funktioniert.

Freudig empfing ich dann meinen Besuch. Wir gingen im Wald spazieren, besuchten die zur Klinik gehörenden Wassertretbecken und vieles mehr. Nach dem Mittagessen in einem Lokal kam meine Frau auf die Idee, ich solle ihr doch zeigen, wo wir uns sonst vergnügten. Sie wollte auf einmal meinen Freund Helmut kennenlernen, von dem ich bei diversen Telefonaten erzählt hatte. Das kam mir nun überhaupt nicht zupass, hatte ich bei Helmut doch einen meiner Kurschatten geparkt. Mein Bruder ahnte, was im Busch war, und unterstützte mich bei meinen Lügen, denn er hatte bemerkt, dass ich mich im Kreis drehte. Allerdings bemerkte das auch meine Frau. Dennoch schlug ich unverdrossen vor, einen gemütlichen Tanztee zu besuchen. Also steuerten wir erwartungsvoll ein Café an, das wir normalerweise nicht aufsuchten. Allerdings hatte Helmut das Gleiche gedacht wie ich und befand sich mit meinem Kurschatten auch vor Ort. Um der Konfrontation zu entgehen, versuchte ich einen Rückzieher und wollte meinen Besuch in »ein besseres Café« schleifen, aber keiner wollte dieses schöne Etablissement verlassen. Helmut rettete mich und räumte mitsamt Begleitung schnurstracks das Feld. Der böse Blick meines Kurschattens beim Hinausgehen hatte vermutlich meine Frau getroffen, da sie nun den Braten endgültig gerochen hatte. In dieser Angelegenheit konnte ich lügen, wie ich wollte, aber sie glaubte mir einfach nicht. Daher konnte ich die Abreise meines Besuches kaum erwarten, musste aber das gleiche Problem am folgenden Wochenende nochmals bewältigen.

Mein Bruder unterstützte mich dabei kräftig, und wir verbrachten diesen Tag weit weg vom Ort der Lüste. Die mit dem bösen Blick wandte sich Helmut zu. Sie dachte, sie könnte mich dadurch verletzen, doch ich freute mich über diese Kehrtwendung.

Als ich wieder zu Hause war, bekam ich Sehnsucht nach der Bediensteten. Also trafen wir uns nochmals im Kurort zu einem Kinobesuch mit anschließendem Abschlussgespräch. Allerdings fand meine Frau später die Kinokarten in meiner Hosentasche und stellte mich zur Rede. Doch mir fiel die richtige Ausrede ein. »Was ist daran so schlimm?«, fragte ich unschuldig. »Helmut hat eine Verlängerung bekommen. Ich habe ihn besucht und einen Wetteinsatz – Einladung ins Kino – von der Kur eingelöst.«

Ich glaube, dieses Mal konnte ich meine Frau überzeugen.

Ich musste mich beruflich umorientieren und ließ mich aufs Versicherungsgewerbe ein. Hier musste ich feststellen, dass meine bisherigen Lügen doch sehr harmlos gewesen waren, denn was in diesem Gewerbe gelogen wird, ist unvorstellbar. Wollte man einen Abschluss erzielen, war man geradezu gezwungen, den Kunden zu belügen. Danach versuchte ich mich als Berufskraftfahrer, konnte aber wegen Rückenbeschwerden nicht weitermachen.

Irgendwann entschloss ich mich, meine Liebste zu heiraten und mich von den anderen Damen zu distanzieren, um endlich vernünftig zu werden. Bereut habe ich meine Eskapaden jedoch nicht. Ich habe sehr viel Spaß gehabt und sehr viel Lebenserfahrung gesammelt.

Meine spätere Frau hatte mich während unserer Verlobungszeit schon des Öfteren auf eine Hochzeit angesprochen. Sie wollte unbedingt, dass ich sie heirate, und ehrlich gesagt traute ich mich nicht mehr, sie abzuweisen, auch aus Rücksicht gegenüber meinen späteren Schwiegereltern. Und so kam es, dass ich meinen Schwiegervater in spe um die Hand seiner Tochter bat.

Ich erzählte, was ich alles vorhätte, und fügte auch hier wieder einiges hinzu, um alles in einem besseren Licht erscheinen zu lassen. Er hingegen erweckte den Eindruck, dass es ihm im Großen und Ganzen egal war. Offenbar hatte er in diesem Punkt eh nicht viel zu sagen.

Am 12. Juni 1971 sollte die Hochzeit stattfinden. Etwas mulmig war mir dabei schon. Worauf hatte ich mich da bloß eingelassen?

In der Folgezeit sollte ich feststellen, dass mich meine Frau umerziehen wollte und der Ton merklich schärfer wurde. Ich jedoch spielte nicht so mit, wie sie es wollte. Die Folge war, dass unsere Streitigkeiten immer massiver wurden. Nur um Ruhe zu haben, wurden gezwungenermaßen die unangenehmen Diskussionen wieder mit Lügen beigelegt. Alles nur um des lieben Friedens willen!

Ich fragte mich, was das alles sollte. Konnten denn die Frauen niemals Ruhe geben und den Mann so lassen, wie er war? Offensichtlich nicht. Der Unterschied zwischen Mann und Frau ist, dass der Mann die Frau sein lässt, wie sie ist, umgekehrt aber nicht. Der Mann möchte Streitigkeiten vermeiden, und um den Frieden wiederherzustellen, lügt er halt. Sein einziger Wunsch und sein einziges Ziel ist Harmonie!

Der Freundeskreis wurde immer kleiner, und allein mit mir ausgehen wollte meine Frau auch nicht. Gegen mein Hobby Fußball wurde ebenfalls gestänkert. Frieden war nur, wenn getan wurde, was sie sagte. Ich verstand die Welt nicht mehr, konnte aber feststellen, dass bei vielen Bekannten und Freunden dasselbe grausame Spiel stattfand.

Nur die ängstlichen, unterwürfigen Weichlinge aber gaben dem Willen ihrer Frauen widerstandslos nach. Das sind die, die sich abends mit einem Kasten Bier in den Hobbykeller zurückziehen und den Frust von der Seele saufen. Denn sie haben Angst vor ihren Herrinnen. Im besoffenen Zustand allerdings legt sich die Angst, und die Schönheit der Frau wird auch wiederhergestellt.

Zugegeben, auch das ist eine Möglichkeit, aber da ist mir lügen doch lieber, denn es kostet nichts, und die Kopfschmerzen sind nicht so groß, als wenn man einen über den Durst trinkt. Heute bin ich glücklich und froh darüber, dass ich das Angefangene auch zu Ende gebracht habe, und hoffe, dass meine liebe Frau mir glaubt, dass ich sie heute noch wirklich liebe.

Sollte sie dieses Buch jemals lesen, bitte ich sie noch einmal um Verständnis und Verzeihung.

Aber der Worte genug: Drehen wir die Zeit noch einmal zurück vor den Heiratstermin, denn es gibt noch einiges zu erzählen.

Es bestand die Gefahr, dass auch ich ein Weichling werden könnte. Denn ich ertappte mich dabei, wie ich in manchen Situationen dem Willen meiner Frau nachkam, nur weil ich meine Ruhe haben wollte.

So wollte ich mit meinem Fußballverein ein fünftägiges Trainingslager absolvieren. Dies sollte allerdings etwa vierhundert Kilometer entfernt stattfinden. Die notwendige räumliche Trennung war meiner Frau natürlich überhaupt nicht recht, was zur Folge hatte, dass ich mir mein Vorhaben ausreden ließ. Den Vereinsverantwortlichen gegenüber behauptete ich, ich müsse in der Zeit beruflich vor Ort sein und könne daher nicht teilnehmen. Schade – aber der Hausfrieden war wiederhergestellt, und ich hatte meine Ruhe. Ähnliche Situationen gab es künftig noch öfter, allerdings mit dem Unterschied, dass die Lügen dann eher meiner Frau galten.

Dann war ich kurzfristig als Verkaufsfahrer bei einer bekannten Speiseeisfirma beschäftigt. Unser strenger und ungerechter Chef forderte von den Mitarbeitern übermenschliche Leistungen. Jeder musste eine Tagestour mit im Durchschnitt vierzig Kunden fahren und diese mit Ware beliefern. In den ersten vier Wochen riss ich mir den Hintern auf, um das Pensum zu schaffen. Ich arbeitete täglich mehr als zwölf Stunden, was ich aber auf die Dauer unzumutbar fand. Weil ich nur bei der Hälfte der Kunden Umsatz machen konnte, da der Rest keinen Bedarf hatte, dachte ich mir, es würde ausreichen, wenn ich die umsatzschwächeren Kunden nur alle drei Wochen aufsuchte. So kam es, dass ich nach meinem neuen Arbeitssystem plötzlich nur noch fünf Stunden zu tun hatte. Von nun an hatte ich jede Menge Freizeit, die ich mit Schwimmbadbesuchen und Stadtbummeln ausfüllte. Einen Liegestuhl führte ich natürlich in meinem LKW mit, sodass ich mich auch ab und zu zum Sonnen in eine Wiese legen konnte.

Mein Chef fragte mich nach einer Weile, woher ich so braun sei und warum der Umsatz kräftig nachgelassen habe. Ich gab ihm zur Antwort, dass ich den ganzen Tag rackerte, aber die Kunden leider nichts benötigen würden. Die natürliche Bräune käme im Sommer bei mir immer von selbst. Da ich sowieso die Schnauze voll hatte, kündigte ich, bevor meine Lüge aufflog.

Was diesen Chef jedoch auszeichnete, war, dass er wertvolle Mitarbeiter erkannte. Und so sollte es geschehen, dass dieser Chef mich einige Jahre später in gehobener Position wieder einstellte, die ich zehn Jahre lang gewissenhaft und gut ausfüllte. Doch nun war es erst einmal an der Zeit, mir einen neuen Job zu suchen, und ich bewarb mich bei verschiedenen Firmen im kaufmännischen Bereich. Ich log, was das Zeug hielt, und mein Erfindungsgeist war enorm. So bot mir eine Versicherungsgesellschaft schließlich einen Vertrag an. Die Erwartungen dieser Gesellschaft konnte ich jedoch ohne kaufmännische Ausbildung nach einem Jahr nicht mehr erfüllen. Daher wurde mir gekündigt. Von da an verkaufte ich eine Zeit lang Versicherungen auf Provisionsbasis, und weil ich gut lügen konnte, war ich auch hier erfolgreich. Die Kunden wurden belogen, nur um einen Vertragsabschluss zu erzielen. Auch dafür möchte ich mich aufrichtig bei meinen Kunden entschuldigen.

Im Rallyesport war ich immer noch aktiv, allerdings mit einem anderen Beifahrer. Wir bestritten die Hessenmeisterschaft und hatten hier sechshundert Kilometer zu bewältigen. Wir waren in der Gesamtwertung gut unter den Top Ten platziert und auch bei dieser Rallye ganz vorne mit dabei. Am Beginn einer Spezialetappe sagte mein Beifahrer: »Du kannst mit weniger Risiko fahren. Wir fahren hier sowieso Bestzeit, wenn wir nicht liegen bleiben.«

»Wie meinst du das?«, fragte ich erstaunt.

»Frag nicht und fahr!«, erwiderte er. »Die Zeitnehmer bei dieser Etappe sind aus meinem Club und werden schon dafür sorgen, dass wir hier die Schnellsten sind!«

Beruhigt gab ich Gummi, und wir bekamen tatsächlich Bestzeit, hatten aber unsere Mitbewerber beschissen und erzielten einen dritten Gesamtplatz. Auch das war im Endeffekt eine Lüge, die uns aber Vorteile einbrachte. Bei dieser Rallye verbrauchten wir insgesamt vier Satz Reifen, was Kosten von damals tausend Mark verursachte. Hätte das meine Frau gewusst, hätte sie selbstverständlich ein Veto eingelegt und niemals ihr Einverständnis für meinen Lieblingssport gegeben. Ich ließ sie in dem Glauben, dass wir von dem Reifenhersteller gesponsert würden und die Reifen für uns diese Saison keinen Pfennig kosten würden. So hatte ich ihr das am Anfang erklärt. Ich weiß bis heute nicht, wie ich diesen enormen Kostenaufwand bewältigt habe, aber irgendwie habe ich es geschafft. Doch das war meine letzte Saison. Weitere Lügen wegen dieses Sports konnte ich mir nicht mehr erlauben. Eigentlich schade, denn ich war meiner Ansicht nach doch sehr gut. Aber was tut man(n) nicht alles um des lieben Friedens willen!

So hatte ich wieder mehr Zeit, mich dem weiblichen Geschlecht zuzuwenden. Während meiner kurzfristigen Schichtarbeit in einer Kunststoffgießerei lernte ich eine gleichaltrige Frau kennen, die komischerweise wieder schwarze Haare hatte. Am Rande möchte ich erwähnen, dass meine heutige Frau blond ist. Die Schichtarbeit zusammen mit der

Schwarzhaarigen kam mir sehr entgegen. Ich musste nicht mehr so viel lügen, um meine Verabredungen zu rechtfertigen. Aber die Schwarzhaarige wusste nichts von meiner Frau und dachte, sie könnte mit mir eine enge Beziehung anfangen. In diesem Glauben habe ich sie anfangs auch gelassen und mich richtig an sie rangemacht. In allen uneinsehbaren Ecken dieser Firma wurde geknutscht. Nur wenn es an den entscheidenden Punkt kam, sträubte sie sich mit aller Gewalt und hielt mich drei Wochen hin.

Den Verliebten habe ich mitgespielt, auch um ans Ziel zu kommen. Aber irgendetwas war da faul. Als sie mir mitteilte, dass sie als Jungfrau heiraten wollte, hatte ich doch genug und erfand einige Lügen, um sie wieder loszuwerden. Aber das war nicht leicht zu bewältigen. Also log ich bewusst so, dass sie von alleine feststellen musste, dass ich wohl doch nicht der richtige Mann für sie sein konnte. Es dauerte schon eine Zeit lang, bis sie es endlich gerafft hatte und mich in Frieden ließ.

Mittlerweile rückte mein Hochzeitstermin immer näher. Ich zupfte Blumenblätter nach dem Motto: Soll ich? Soll ich nicht? Das Orakel ergab: Ich sollte.

Die Erkenntnis aus diesem Kapitel ist, dass Lügen in den meisten Fällen Konsequenzen haben, die aber mit viel Fantasie als nicht so schlimm dargestellt werden können. Auch ein verheimlichter Beschiss ist eine Lüge, aber diese Art zu lügen geschieht mit böser Absicht und dient nicht dazu, Harmonie und Ruhe herzustellen. In vielen Fällen ist eine Notlüge durchaus sinnvoll und tut seelisch nicht so weh wie die Wahrheit.

Auch den Aufbau seiner Lüge kann der Lügner bestens steuern, wenn er möchte, dass der Belogene seine Lüge erkennen soll.

Verantwortungsphase

Im Alter von einundzwanzig Jahren stand endlich die Hochzeit an, und ich fieberte dem wohl wichtigsten Termin in meinem Leben entgegen.

Die Woche davor war mit viel Arbeit verbunden und gestaltete sich sehr turbulent. Ich drückte mich vor allem und sagte meiner Frau, ich müsse arbeiten und sie solle sich um alles kümmern. Das tat sie dann auch.

Urlaub hatte ich mir schon genommen, und so konnte ich eine erholsame Woche mit Faulenzen verbringen – natürlich nicht zu Hause. Das fing ja gut an, dachte ich mir, aber mit dieser Lüge konnte ich allen Stress von mir fernhalten. Der Polterabend war von meiner Frau gut organisiert und lief perfekt ab. Mein Organisationstalent zeigte auch seinen Erfolg, denn sie war an diesem Abend sehr stark alkoholisiert. Trotz dieses Lapsus verbrachten wir mit unseren Freunden einen sehr schönen Polterabend.

Am nächsten Morgen hatte meine Zukünftige einen Friseurtermin, um sich die Hochzeitsfrisur herrichten zu lassen. Ich konnte sie nicht hinfahren, denn ich musste für meinen Stiefvater, der eine Bäckerei besaß, Brötchen ausfahren und sehr früh aufstehen (wirklich!). Vereinbart war, dass ich meine Frau um elf Uhr beim Friseur abholen sollte, da die Trauung auf vierzehn Uhr festgesetzt war. Nach dem Brötchenausfahren legte ich mich vor lauter Müdigkeit noch mal in die Badewanne und schlief leider fest ein. Lautes Klingeln an der Tür holte mich dann aus dem Tiefschlaf. Ich rannte zur Tür und öffnete. Da stand sie nun mit ihrem Turban, wütend wie nie zuvor, und schrie mir ins Gesicht: »Es ist schon halb eins! Ich habe an der Straße gewartet und kam mir richtig blöd vor! Dein Bruder ist zufällig vorbeigekommen und hat mich mitgenommen.«

Ihr Wutausbruch legte sich jedoch langsam wieder, und wir machten uns für die Trauung fein. Rechtzeitig waren wir im Standesamt, wurden vom Bürgermeister persönlich in Empfang genommen und zeremoniell vermählt.

Mir ist bis heute nicht bekannt, warum der Bürgermeister so bitterlich geweint hat. Ich vermute, das geschah aus lauter Mitleid für meine Frau, denn ich hatte wirklich nicht den besten Leumund.

Ich kann mich nicht an einzelne Fragen bei der Trauung erinnern, vermute aber, dass ich mit meinem Jawort doch wieder gelogen habe, denn gehalten habe ich mich an das Versprechen meiner Frau gegenüber nicht immer.

Hätte ich ehrlich mit nein antworten sollen? Wäre doch für unsere Gäste blöd und nicht nachvollziehbar gewesen!

Ich weiß noch genau, dass ich mich fragte, ob wir auf einer Trauerfeier gelandet seien, denn jeder gratulierte mit Tränen in den Augen. Ich kam mir vor, als ob sie mir herzliches Beileid aussprechen wollten.

Direkt im Anschluss fuhren wir alle zur kirchlichen Trauung. Meine Frau wollte unbedingt den kirchlichen Segen, ich hingegen hätte ohne Weiteres darauf verzichten können. Aber ich wollte Harmonie, und so stimmte ich zu.

Die Zeremonie war öde und langweilig. Ich konnte beim besten Willen nichts Schönes daran finden und wurde zum Schluss wieder vor die Wahl gestellt: lügen oder nicht? Selbstverständlich zog ich wieder die Lüge vor und behauptete mit Blick auf meine liebe Frau: »Ja, ich will.« Sie war überglücklich, und wir schritten nebeneinander aus dem Gotteshaus, wo wir wieder von weinenden Gästen empfangen wurden.

Einfach peinlich, wenn man so viele Krokodilstränen auf

einmal sieht und sich mit Rücksicht auf sein nun angetrautes Weib ruhig verhalten muss. Die wenigsten haben ehrliche Tränen vergossen, der Rest aber hat gelogen, indem er Rührung heuchelte.

Sofort im Anschluss schickten wir die Hochzeitsgäste ins Lokal, wo die Feier stattfinden sollte. Meine Frau und ich waren zum Fototermin geladen und kamen nach. Im Lokal angekommen, mussten wir beide uns hinter den Geschenktisch stellen, und der gesamte Familienclan kam einzeln mit je einem verpackten Geschenk auf uns zu. Wir mussten sofort freudig auspacken und den erwartungsvollen Tanten glaubwürdig die Schönheit ihrer Geschenke bestätigen. Nur mit Widerwillen ließ ich dies über mich ergehen. Welcher Müll da bei uns deponiert wurde, kann man sich sicher lebhaft vorstellen, wenn man schon mal selbst geheiratet hat. Zugegeben: Es waren auch einige brauchbare und schöne Dinge unter den Geschenken. Aber ich stellte fest, dass wir beide unbewusst gelogen hatten. Es erstaunte mich, dass meine Frau offensichtlich auch Lügenpotenzial in sich trug.

Niemals hätte ich gedacht, dass bei einem feierlichen Anlass so viel gelogen wird. Sind alle Menschen Lügner? Bestimmt nicht, aber manches Mal ist eine Lüge ganz einfach nicht vermeidbar. Stellen Sie sich bitte mal vor, an diesem Tage hätte niemand gelogen. Ich bin davon überzeugt, das hätte einen Familienkrieg ausgelöst.

Unsere Hochzeitsfeier ging unterdessen lustig weiter. Jeder hatte Spaß, die Onkels soffen und wurden von den Tanten barsch abgemeiert. Doch sie kannten das elende Spiel und antworteten wie aus einem Mund: »Wir haben doch nur zwei Bier getrunken!« Zählen konnten sie wohl auch nicht mehr, aber lustig waren sie allemal. Der eine nannte seine Frau liebevoll und schmunzelnd »mein Schnakenrippchen«. Das »Schnakenrippchen« war danach den ganzen Abend sehr ruhig, aber der Onkel leider auch. Kein Wort kam mehr über seine Lippen! Schade, denn er hatte den Ausdruck sicher nicht böse gemeint.

Die lustige Feier war gar nicht mehr lustig, als meine Brüder die Braut entführten. Die Feier war wie von Geisterhand nahezu beendet. Jeder kam und wollte mich trösten. Es wurde ruhiger im Saal, und ich sagte mir, die werden schon wiederkommen. Allerdings war ich ängstlicher, als ich zugab. Meine Gedanken spielten verrückt. Ich hätte platzen können vor Eifersucht, ließ mir aber nichts anmerken und spielte den Coolen. Irgendwann kamen die Entführer frustriert mit meiner Frau zurück. Meine Oma blickte meine Frau böse an, als wollte sie sagen: »So was macht man doch nicht.«

Diesen Blick hat meine Frau bis heute nicht vergessen. Ich jedoch spielte meiner Frau gegenüber den Beleidigten und verzichtete auf eine genussvolle Hochzeitsnacht. Das Gute war, dass mein ungeliebter großer Bruder die Zeche in zwei Lokalen selbst bezahlen musste, was er mir natürlich krummnahm.

In den folgenden drei Jahren nach unserer Hochzeit verbrachten wir sehr viel Zeit mit unseren Freunden Udo und Karla, die eine Tankstelle hatten. Wie bereits erwähnt, hatten Udo und ich gemeinsame Interessen, wie zum Beispiel das Kartenspiel. Wer innerhalb von vierzehn Tagen am meisten Gewinn machte, so vereinbarten wir, brauchte für die geplante gemeinsame Urlaubsreise nach Dänemark keinen Benzinanteil zu bezahlen. Der Verlierer hätte immerhin rund zweihundert Mark berappen müssen. Udo und ich zockten mit zwei weiteren Bekannten oft bis in die Nacht hinein. So mussten wir unsere Frauen immer wieder belügen, wo wir unsere Zeit verbrachten. Ich konnte ja nicht dauernd behaupten, ich hätte Termine wegen Versicherungsabschlüssen. Darum musste eine andere Ausrede her.

Nachdem wir also mit dem Zocken fertig waren, gingen wir zu unseren Autos, öffneten die Motorhauben und fummelten am ölverschmierten Motor herum, bis unsere Hände und Ärmel ausreichend verdreckt waren. Zu Hause angekommen – meine Frau hatte die Eigenart, mich jedes Mal im Bett sitzend mit den scharfen Worten »Wo kommst du denn her?« zu empfangen – sagte ich nur: »Schau mich an. Die Mistkarre ist nicht mehr angesprungen, aber ich habe das wieder hingekriegt.« Meine Lüge war erfolgreich, und meine Frau konnte beruhigt einschlafen. Auch ich konnte nach einer ausgiebigen Dusche zufrieden zu Bett gehen, obwohl ich das Benzingeld für den Urlaub bezahlen musste.

Das Auto voll gepackt, mit Boot auf dem Dach und sechs Personen ging die Reise los Richtung Dänemark. Am Urlaubsort angekommen, erkundigte sich meine Frau: »Udo hat ja kein Benzin bezahlt! Warum?«

»Wir haben ausgemacht, dass ich das Benzin bezahle und am Ende mit ihm abrechne. So können wir das genau aufteilen«, antwortete ich listig.

Sie war beruhigt, und wir konnten in aller Ruhe unser gemietetes Ferienhaus in den Dünen beziehen.

Karla war von dem fehlenden Komfort nicht gerade begeistert und motzte Udo an, warum er nicht das komfortable Haus gemietet habe. Udo geriet in Erklärungsnot und behauptete, das gewünschte Haus sei nicht mehr frei gewesen. Um seine Lüge zu untermauern, wandte er sich an mich: »Stimmt doch?«

Natürlich konnte Udo auf mich zählen, und ich sekundierte: »Ja, klar! Das war das einzige freie Haus mit sechs Betten.« Das fängt ja gut an, dachte ich mir. Da war ich mit meiner lieben Frau ja sehr gut bedient. Armer Udo!

Karla machte ihm in den folgenden Tagen massive Vorwürfe und nörgelte nur herum. Auch mit den beiden Töchtern, die sich wirklich lieb und ruhig verhielten, hat sie nur geschimpft. Ihr war aber auch gar nichts recht.

Meine Frau und ich hielten uns aus allem heraus und gingen anfangs unsere eigenen Wege. Ich sah Udo leiden und ging auf seinen Vorschlag ein, schon frühmorgens mit dem Boot auf See zu fahren, um den ganzen Tag dort zu angeln. Meine Frau zeigte Verständnis und willigte, wenngleich ungern, ein.

Gleich am nächsten Tag fuhren wir auf See, hatten aber vorsichtshalber unser Kartenspiel mitgenommen, um zu zocken. Ich gewann im Urlaub dreihundert Mark und hatte damit mein Benzingeld wieder zurück. Ich muss zugeben, die Tage mit Udo auf See waren mit die schönsten Urlaubstage in meinem Leben. Niemand war da, um uns zu bevormunden. Wir hatten ganz einfach unsere Ruhe. Nur meine Frau tat mir leid, denn sie musste sich den ganzen Tag mit Karla und deren Töchtern vergnügen. Am drittletzten Urlaubstag gingen Karla und meine Frau alleine aus. Sie wollten tanzen gehen und kamen sehr spät und getrennt voneinander nach Hause. Aufgewühlt erzählte mir meine Frau, sie seien bei einer Sekte gewesen und beinahe entführt worden.

Meine Eifersucht machte mich fast wahnsinnig, aber ich ließ mir nichts anmerken. Jedenfalls hatte ich Erfahrung im Lügen, und solch eine doofe Lüge hatte ich noch nie gehört. Was hatte sie sich dabei nur gedacht? Ich nahm ihre Bekundungen hin, wusste aber, dass sie mich angelogen hatte. Kurz darauf war der Urlaub zu Ende, und wir fuhren gemeinsam nach Hause.

Die nächsten zwei Jahre nenne ich die Zeit der Leidenschaft und Hingabe. Ich wollte öfter Sex als meine Frau und konnte nicht genug bekommen, aber sie blockierte sehr häufig meinen Trieb und behauptete, sie hätte Kopfschmerzen. Diese traten in der Folge immer häufiger auf, und ich fragte immer, ob sie keinen Spaß am Sex mit mir hätte. Darauf antwortete sie fast jedes Mal: »Doch! Du befriedigst mich immer, aber bei meinen Kopfschmerzen fehlt mir die Lust.«

Erst viele Jahre später gestand sie mir, noch nie einen Orgasmus erlebt zu haben. Darauf war ich unglaublich geschockt. Nicht wegen meines Versagens, vielmehr dass mich meine Frau so oft belogen hatte. Frustriert suchte ich mir wieder eine andere Frau, um mich selbst zu bestätigen. Diese Bestätigung hatte ich von den anderen bis dahin auch immer bekommen.

Ich schaute hübschen Frauen nach und flirtete, wo immer es ging. Meine Frau reagierte aggressiv und sehr eifersüchtig: »Die gefällt dir, was? Die ist viel dünner als ich!«

»Aber nein, Schatzilein!«, antwortete ich pflichtschuldigst. »Die gefällt mir überhaupt nicht, und du hast genau die richtige Figur. Bei dir passt einfach alles.« Sie konnten noch so schön sein, mir gefiel natürlich nie eine. Nur an einer mit einem kleinen Kind blieb ich kurzfristig hängen. Sie lud mich zwei oder drei Mal zum Frühstück ein, weil sie Sex wollte, den ich ihr aber versagte.

Als ich in der Stadt mit zwei Freunden unterwegs war, wurde ich von ihrem Kleinen vollkommen unvorbereitet mit »Da ist ja Onkel Willi!« angesprochen. Aus Angst, meine Frau könnte dabei sein, wenn mich womöglich der Knirps wieder ansprach, habe ich den totalen Rückzug bevorzugt. Wenn meine Frau und ich durch die Stadt gingen, waren meine Augen permanent auf der Suche nach diesem Bengel, den ich glücklicherweise nie mehr sah.

Weibergeschichten waren ab diesem Zeitpunkt tabu. Wir arbeiteten und planten, später ein Haus zu bauen. Auch Kinder wollten wir haben, was uns aber trotz intensiver Bemühungen leider zunächst nicht gelang.

Ich war der hoffentlich liebevolle Ehemann und widmete mich nur meiner Frau. Da sie auch arbeitete, war ich ihr gerne im Haushalt behilflich. Sie war der reinste Putzteufel, der täglich nach der Arbeit die gesamte Wohnung putzte. Dies strengte mich sehr an, denn das Staubsaugen war meine Aufgabe. Ich sollte täglich saugen? Warum?

Oft kam es vor, dass ich unbeobachtet saugen und abstauben konnte. Mit dem Staubtuch wischte ich ganz oberflächlich ab, schaltete den Staubsauger ein und legte ihn auf den Boden. Während die verdammte Maschine brummte, legte ich mich mit verschränkten Beinen auf das Sofa und ruhte mich aus. Meine Frau ließ sich zwar zunächst durch das Geräusch bluffen, doch bei der Endabnahme durchschaute sie mein mieses Spiel und stellte mich zur Rede.

»Wenn es dir nicht passt oder nicht ordentlich genug ist, mach es doch alleine«, verteidigte ich mich, denn ich hatte ja alles richtig abgestaubt und gesaugt. Ist ganz schön anstrengend, dem liegenden Staubsauger bei der Arbeit zuzusehen!

Mit der Zeit wurde meine Hausarbeit nahezu auf null reduziert. Ich war doch ein fauler Sack, oder? So verging eine sehr harmonische Zeit, bis eines Tages ein Berufswechsel in einem Versicherungs-Strukturvertrieb anstand und die Lügerei wieder auf die Tagesordnung kam.

Der Aufbau meiner eigenen Struktur ging rasend schnell voran, und bald war ich im gesamten Bundesgebiet unterwegs, um neue Mitarbeiter zu rekrutieren. Ich hatte plötzlich einen monatlichen Durchschnittsverdienst von etwa zehntausend Mark und habe mein Leben entsprechend genossen.

Möglichkeiten zu Verabredungen mit anderen Frauen waren im Überfluss vorhanden, aber außer Flirten war da wirklich nichts. Meine Frau unterstellte mir immer wieder, ich hätte eine andere, was ich jedoch reinen Gewissens strikt verneinte. Ich konnte machen, was ich wollte, aber sie glaubte mir einfach nicht, obwohl ich absolut die Wahrheit sagte.

Ihre Eifersucht wurde irgendwann unerträglich, und ich

dachte: Wenn sie mir sowieso nicht glaubt, kann ich mir auch eine Freundin zulegen. Die Gelegenheit kam, und ich machte mir einen schönen Abend mit einem jungen Fräulein, das ich gerade erst kennengelernt hatte. Mein Auto stellte ich in der Nähe einer Disco im Parkhaus ab, und wir gingen gemeinsam tanzen.

In erster Linie war es mir am wichtigsten, ein Verkaufsgespräch mit ihr zu führen, um einen Abschluss zu tätigen und das junge Fräulein anschließend für meine Struktur zu rekrutieren. Ich erzählte ihr, ich sei ungebunden und hätte wegen meiner Tätigkeit keine Zeit für eine ernsthafte Beziehung. Sie versuchte mich vom Gegenteil zu überzeugen, was ihr auch gelang. Sie machte mir schöne Augen und himmelte mich an, ich konnte ihrem Charme nicht lange widerstehen, und wir verabredeten uns am folgenden Abend wieder. Vor dem Parkhaus angekommen, stellte ich verwundert fest, dass inzwischen geschlossen war, sodass wir ein Taxi in Anspruch nehmen mussten.

»Wo ist denn unser Auto?«, fragte meine Frau erstaunt am nächsten Tag. Ich erzählte ihr die halbe Wahrheit, indem ich die hübsche junge Frau und die Disco gegen eine liebe Familie zu Hause austauschte. Dort hatte ich angeblich einen Abschluss gemacht, und die Zeit sei rasend schnell verflogen.

Beruhigt verbrachten meine Frau und ich eine schöne Nacht in unserem Wohnzimmer. Appetit hatte ich mir ja geholt, aber gegessen habe ich zu Hause. Mein Plan, dem besagten Fräulein eine Versicherung zu verkaufen und sie anschließend in meine Struktur zu integrieren, ging voll auf, und sie gab am Anfang ihrer Tätigkeit richtig Gas. Sie wollte aber in meiner Nähe sein, und wir suchten ihr eine passende Wohnung in einer Stadt, die nur zehn Kilometer von meinem Zuhause entfernt war. Ich gab ihr meine volle Unterstützung und war ihr bei ihrer neuen Tätigkeit behilflich.

So war es unvermeidlich, dass wir uns sehr bald näherkamen.

Dies blieb allerdings offenbar von meiner Frau nicht unbemerkt. Ich selbst registrierte anfangs keine Veränderung meines Verhaltens gegenüber meiner Frau, aber Frauen haben ja ein Gespür dafür, wenn etwas im Busch ist. Meine Frau vertraute sich meiner Mutter an, und beide waren sich einig, ein Detektivbüro einzuschalten, um mich zu überführen. Der Detektiv fand sehr schnell die Adresse meiner Freundin heraus, ohne dass ich etwas spitzkriegte.

Wenn ich heute darüber nachdenke, habe ich meine Frau in dieser Zeit sehr schlecht behandelt. Dafür möchte ich mich heute aus tiefstem Herzen bei ihr entschuldigen.

Die Tage vergingen. Die meiste Zeit verbrachte ich nicht zu Hause, sondern war damit beschäftigt, den Strukturaufbau meiner Freundin zu fördern, was meinen Verdienst natürlich steigerte. Ich erinnere mich an einen Tag, den ich mit meiner Freundin in ihrer Wohnung verbrachte, als unerwartet ein lautes Klopfen an der gläsernen Wohnungstür zu vernehmen war. Erschrocken beendeten wir hastig unseren Akt, und ich zog mir schnell Hose und Hemd an.

Sie hatte außer Schlüpfer und BH nichts an. Es klopfte ununterbrochen weiter, wir öffneten aber nicht, bis plötzlich ein berstendes Scheppern zu hören war. Vor uns stand meine Frau, die mit dem Rücken die Glastür eingedrückt hatte, und weinte. Ich wollte sie beruhigen und behauptete, es sei gar nichts gewesen. Bloß nichts freiwillig zugeben! Sie glaubte mir allerdings kein Wort. Nicht verwunderlich, denn ich war ja nur halb angezogen.

Als ich sie in den Arm nahm und ihr zärtlich über den Rücken streichelte, hatte ich Blut an meinen Händen. Drei lange Glassplitter hatten sich in ihren Rücken gebohrt. Sofort fuhr ich mit ihr in das nahe gelegene Krankenhaus. Der Arzt sagte uns, sie habe unglaubliches Glück gehabt, denn der eine Glassplitter sei doch sehr tief vorgedrungen und habe das Herz nur knapp verfehlt.

Meine Lügerei und das Verhältnis endeten vier Wochen später, als ich von meiner Frau erfuhr, meine Freundin habe angerufen, um meine Frau zu bitten, mich aufzugeben, damit sie mit mir eine ernsthafte Beziehung eingehen könne, da sie mich liebe. Daraufhin beendete ich das Verhältnis und hielt nur noch den unvermeidlichen geschäftlichen Kontakt, der dann jedoch mehr und mehr nachließ. Denn ohne meine Hilfe war die Struktur zusammengebrochen. Auch mir fehlte irgendwann die Motivation, und ich beendete diesen Strukturvertrieb.

Neue und alte Freundschaften wurden weiter gepflegt. Wir wollten mit drei Ehepaaren nach Spanien in Urlaub fahren und danach in unser neues Haus einziehen. Der Urlaub verlief nicht reibungslos, aber wir gewannen uns wieder lieb und planten immer noch, Eltern zu werden. Wir zogen ins neue Haus, und das Glück war ein Jahr später perfekt, als unsere Tochter geboren wurde. Liebevoll kümmerte ich mich um meine Familie. Wir erlebten eine sehr schöne Zeit, nur eines wurde langsam knapp, nämlich das Geld. Es kamen Rechnungen, Mahnungen und viele andere Verpflichtungen. Obwohl wir beide arbeiten gingen (in der Zeit wurde unsere liebe Tochter von meiner Mutter betreut), reichte das Geld weder hinten noch vorne.

Wenn meine Frau fragte: »Hast du das bezahlt?«, antwortete ich stets: »Ja, warum?« So konnte ich meine Frau zeitweise beruhigen und hatte wieder eine Woche gewonnen. Beruflich strebte ich immer nach mehr, damit sich unsere finanzielle Lage verbesserte. Dies gelang mir leider nicht so richtig, aber ein Sprichwort sagt: »Wer nicht wagt, der nicht gewinnt.« Schließlich wollte ich meiner Familie aufrichtig ein besseres Leben bieten, als ich es selbst erleben durfte. Mit einer guten Absicht sind manche Lügen daher gewiss verzeihlich. Ich entwickelte ein Gespür dafür, Geld zu verdienen, sodass die laufenden Ausgaben gedeckt werden konnten. Ich glaube, wir haben unserer Tochter eine schöne, unbeschwerte Kindheit geboten. Zwar konnten wir uns Urlaub normalerweise nicht leisten, aber irgendwie trieb ich immer Geld auf, um in die Sommerferien zu fahren. Auch wenn es nur geliehen war. Ich wollte meine Frau beruhigen und die in mich gesetzten Erwartungen erfüllen.

Stellen Sie sich vor, ich sitze schlaftrunken frühmorgens mit meiner Frau beim Frühstück und bin überhaupt nicht aufnahmefähig. Sie jedoch ist putzmunter und stellt mir unendlich viele Fragen. Da ist doch klar, dass ich immer nur mit Ja und Amen antworten kann. Oder soll ich etwa die Wahrheit sagen? Wenn ich das täte, wäre das doch mit unnötigem Streit und Stress verbunden.

Ich gebe zu, Lügen ist nicht die feine Art, aber es beruhigt ungemein, und der Tag beginnt in Harmonie. Nur wenn die Lügen auffliegen, wird es doppelt so schlimm, denn dann muss man sich neue Ausreden einfallen lassen und verliert leicht den Überblick.

Aber was bleibt einem anderes übrig, als diplomatisch zu flunkern, wenn Fragen kommen wie diese:

»Ich habe mir ein Kleid gekauft. Das steht mir doch, oder?«
»Natürlich, Liebling! Das ist wie für dich gemacht.«

»Ich war beim Frisör. Gefällt dir meine neue Frisur?«
»Aber ja doch. Wann wird denn fertig geschnitten, Liebes?«

»Du hast mir schon lange nicht mehr gesagt, dass du mich liebst! Liebst du mich eigentlich noch?«

»Was für eine Frage! Selbstverständlich liebe ich dich, und das jeden Tag mehr, mein Schatz!«

»Wir brauchen eine neue Küche. Das willst du doch auch?«
»Aber klar. Es wird auch Zeit. Das können wir uns doch leisten.«

»Am Samstag können wir die Gartenarbeit erledigen. Du hilfst mir doch gerne dabei?«
»Nichts lieber als das. Ich will nicht Fußball spielen, meine Liebste.«

»Wir wollen mit Freunden tanzen gehen. Du tanzt doch so gerne?«
»Hui, das freut mich aber! Endlich wieder tanzen! Ich habe zwar Probleme mit der Kniescheibe, für dich jedoch nehme ich die Schmerzen gerne in Kauf, mein lieber Schatz.«

»Am Sonntag wollen wir Tante Auguste besuchen. Du freust dich bestimmt auch, sie wieder einmal zu sehen?«
»Jawohl, Liebling! Es ist immer so lustig bei Tante Auguste.«

Solche und viele ähnliche zwingende Fragen sind ganz einfach nur mit einem Ja zu beantworten. Die Hauptsache ist doch, man(n) hat seine Ruhe.

Das ideale Rezept für eine gute Ehe sind fünf Wörter: *Du hast ja recht, Liebling*! Das Wesen Frau duldet keinen Widerspruch und will, dass der Mann sich so verhält, wie es ihr am besten passt.

Manche Fragen können peinlich werden:
»Wir hatten doch den schönen Weihnachtsschmuck im Keller auf den kleinen Schrank gelegt. Hast du ihn gesehen?«

»Nein, wie sollte ich? Kann mich aber erinnern, dass dieses grässliche Zeug schon lange in der Mülltonne entsorgt wurde.«

»Am Sonntag wollen uns Tante Auguste und Onkel Hans besuchen, sie müssten aber mit dem Auto abgeholt werden. Das machst du doch sicher gerne?«

»Ich würde gerne, aber mein Auto hat ein Problem, und das Risiko, unterwegs stehen zu bleiben, möchte ich nicht eingehen.«

Jawohl, Treffer! Endlich hatte ich nein gesagt, musste aber dafür tagelange Diskussionen und Streit mit meiner Liebsten in Kauf nehmen. Und alles nur, weil ich ehrlich war. Aber das Leben wäre zu langweilig und öde, gäbe es doch die heilige Ehe und die damit verbundenen Notlügen nicht. Das Wesen Frau lebe hoch, hoch, hoch!

Wer ehrlich zu sich selbst ist, muss erkennen, dass Lügen unvermeidlich und manchmal sinnvoll, aber auch oft sinnlos und zweckmäßig sein kann. Derjenige, der behauptet, er lüge nicht, hat mit dieser Aussage schon gelogen.

Wie schon gesagt, ist das Lügen nicht angeboren, aber man erkennt schnell, dass das wahre Leben ohne Lügen nicht funktioniert. Es macht keinen Unterschied, ob große oder kleine Lüge. Lüge bleibt Lüge.

Das Lügen wird ja auch von unseren Politikern und Personen, die in der Öffentlichkeit stehen, vorgelebt. Ich behaupte, wenn bei jeder Lüge im Bundestag ein Euro gezahlt werden müsste, schriebe die Bundesrepublik Deutschland schneller schwarze Zahlen, als man sich umschaut. Jeder, aber auch wirklich jeder dieser Herren kann lügen ohne Skrupel, denn wenn sie dies nicht täten, könnten sie niemals eine Wahl gewinnen. Meine Erkenntnis ist, dass die gesamte Menschheit belogen werden will, weil sie die Wahrheit gar nicht hören will, denn diese ist meistens sehr viel unangenehmer als eine Lüge. Nur eine Lüge bringt zumindest vorübergehend Ruhe in unser Lebenssystem.

Gewohnheitsphase

Man(n) hatte sich eingelebt, und alles nahm seinen alltäglichen Lauf. Mehr oder weniger zufrieden hatte man(n) sich an den Alltag gewöhnt. In meinem neuen Lebensabschnitt stand die Familie im Vordergrund, hauptsächlich unsere Tochter. Wir waren immer bestrebt, sie behütet und ohne Verzicht aufwachsen zu lassen. Sie bekam von uns alles, was sie sich wünschte, vor allem aber hat sie die für die Erziehung notwendige Liebe der Eltern erfahren. Wir waren stolz, ein so liebes Mädchen als Tochter zu haben. Wir unternahmen im Rahmen unserer Möglichkeiten alles Mögliche mit ihr. Ich persönlich freute mich auf jeden Abend, wenn ich ihr die Geschichten von der Biene Maja und ihrem Freund Willi erzählen durfte. Ich glaube, dieses Ritual hat ihr sehr gefallen. Selbstverständlich durfte sie als kleines Kind bei meiner Frau und mir im Ehebett schlafen, was sie, glaube ich, sehr genoss, denn ihr Schlagwort lautete immer: »Papa, wir schlafen Buckelsche an Buckelsche.«

Dies war auch die Zeit, in der ich bei meinem früheren Arbeitgeber nochmals in einer gehobenen Position tätig war. Diese Tätigkeit war leider mit viel Stress und spätem Arbeitsende verbunden, sodass ich weniger Zeit für die Familie hatte. Schade drum! Durch eine enorme Zinsanhebung und sonstige unvorhergesehene Ereignisse kam es letztendlich, wie es kommen musste: Um ein Haar hätten wir unser Haus verloren, konnten aber mithilfe meines verhassten ältesten Bruders die Zwangsversteigerung gerade noch abwenden. Hätte er keinen finanziellen Vorteil daraus gehabt, denke ich, hätte er uns nicht geholfen. Meine Frau tat mir sehr leid, denn es war vor allem für sie eine sehr schwere Zeit! Aber mit Lügen konnte ich sie doch immer wieder beruhigen.

Ein erzählenswertes Erlebnis hatte ich mit meinem Bruder Horst, mit dem ich mich nach wie vor sehr gut verstand. An einem Sonntag war ich auf dem Sportplatz, um mir ein Fußballspiel anzusehen. Ich stand am Rand und beobachtete gespannt den Spielverlauf, als meine Blicke, irgendwie magisch angezogen, auf eine junge Frau mit ihrem Knaben fielen. Sie liefen einen gegenüberliegenden Weg entlang. Ich weiß nicht, wer mich mehr faszinierte, die Mutter oder der Knabe, der etwa fünf bis sechs Jahre alt war. Er hatte einen Stock in der Hand und wühlte damit in den Büschen herum. Die Mutter schimpfte, aber das störte ihn überhaupt nicht. Ich ging auf die beiden zu. Der Knabe hatte eine Brille auf und sah genauso aus wie mein Bruder Horst in dem Alter. Auch Mimik und Gestik waren hundert Prozent identisch. Ich war regelrecht schockiert, als ich das sah. Als ich wieder zu Hause war, erzählte ich die Beobachtung meiner Frau. Die aber antwortete geringschätzig: »Du spinnst ja! Das bildest du dir nur ein.« Doch zwei Wochen später erfuhr meine Frau durch Zufall von einer Freundin, dass Horst ein Kind mit einer anderen Frau hatte, die zwei Wochen zuvor sonntags an unserem Elternhaus gesehen worden war. Mir fiel es wie Schuppen von den Augen: Ich hatte Horsts Freundin mit seinem Kind beobachtet! Sofort kontaktierte ich Horst und fragte ihn, ob ich ihn ohne seine Frau sprechen könne. Wir trafen uns, und ich fragte ihn geradeheraus, ob er einen entfernten Verwandten habe. Erstaunt hat er mir dann die ganze Wahrheit erzählt.

Irgendwie war ich für meinen Teil doch sehr beruhigt, als ich seine Geschichte hörte, denn es zeigte mir, dass auch er seine Frau und seine Tochter jahrelang belogen hatte, wenn er sich an feierlichen Anlässen mit der Freundin und seinem Kind traf.

Und das regelmäßig. Lieber Horst, ich bin beeindruckt, denn deine Lügen müssen perfekt gewesen sein.

Schade finde ich aber, dass er den Kontakt zu seinem Kind völlig abbrach, als die Geschichte ans Tageslicht gekommen war. Er bekannte sich nicht zu seinem Kind, obwohl sich der – inzwischen erwachsene – Sohn den Kontakt zum Vater sehr gewünscht hat. Das war feige, lieber Horst. Doch kann ich ihn auf der anderen Seite verstehen und sein Verhalten nachvollziehen, denn seine Frau stellte ihn vor die Wahl: die Ehe oder das Kind.

Ich an Horsts Stelle hätte dennoch den Kontakt zu meinem Kind nie abgebrochen. Ehrenwert oder nicht, aber ich hätte mit Lügen immer einen Weg gefunden, mein Kind zu sehen, auch wenn dies mit viel häuslichem Ärger verbunden gewesen wäre.

Meiner lieben Tochter gegenüber war ich von Anfang an ehrlich und habe sie nie belogen, mit Ausnahme von Osterhase, Weihnachtsmann und Christkind und der folgenden Geschichte.

Ich sagte einmal zu ihr: »Wir gehen zusammen mit deiner Freundin in den Wald, und dann suchen wir ein Tier, das sich Elwetretsche nennt.« »Papa, was ist das?«, fragte sie mich mit großen und erwartungsvollen Augen.

»Sieht aus wie ein Mini-Reh mit langen Ohren, wie ein Hase«, behauptete ich. »Die sind sehr scheu, und nur mit viel Glück bekommt man sie zu sehen, wenn sie aus dem Erdloch kriechen. Aber ich weiß, wie wir drei diese Tiere überlisten.« Voller Spannung konnte sie den kommenden Tag nicht abwarten. Ich musste bestimmt zwanzig Mal das Gleiche erklären. Unsere Tochter informierte ihre Freundin, und ich musste auch ihr die Geschichte erzählen. Erst später erfuhr ich, dass die Mutter ihrer Freundin diese Fabeltiere nicht kannte. Unbegreiflich für mich, denn dieses Ritual machten bei uns die Eltern mit ihren Kindern wie Geburtstag Feiern.

Es ging los. Tochter und Freundin standen mit dem Jagdwerkzeug bereit. Jede einen Kochlöffel und einen alten Kochtopf in den kleinen Händen, marschierten wir geduckt Richtung Wald. Dort angekommen, mussten wir uns schleichend und mucksmäuschenstill einem kleinen Erdloch nähern. »Ihr müsst euch neben das Loch knien und fünf Minuten ganz still sein«, befahl ich. »Wenn ich den großen Sack vor das zehn Meter entfernte Ausgangsloch halte, müsst ihr beide ganz laut schreien und mit dem Kochlöffel ganz fest auf den Kochtopf schlagen. Wenn wir Glück haben, kommen die neugierigen Tiere aus dem Bau, laufen in den offenen Sack, und wir haben sie gefangen.«

Gesagt, getan! Mit roten Backen und zitternden Händen knieten beide vor dem Loch und folgten meinen Anweisungen. Das Spektakel dauerte etwa zehn Minuten, bis ich schrie: »Jetzt kommen sie!« Beide rannten auf mich zu, aber leider waren mir die schlauen Tiere entwischt.

Enttäuscht und trotzdem zufrieden gingen wir gemeinsam nach Hause, aber nicht ohne mein Versprechen, die Jagd noch mal zu versuchen. Das Versprechen habe ich bis heute nicht eingelöst, aber wenn ihr wollt, werden wir das gerne nachholen (vielleicht mit meinen Enkelkindern!).

Ergebnis aus meiner Sicht: Lügen kann auch etwas sehr Schönes bewirken, oder?

Trotzdem war ich immer darauf bedacht, dass meine Tochter ein ehrlicher Mensch bleibt. So bot sich mir eines Tages die Gelegenheit, ihr das klarzumachen. Meine Tochter kam eines Tages sehr aufgelöst und nervös von der Schule nach Hause. Als ich am Abend zurückkam, erfuhr ich, dass die Mutter eines Mitschülers bei uns angerufen hatte. Meine Tochter sollte der Mutter dieses Mitschülers einen Vorfall in der Schule erklären. Doch dabei sagte sie nicht die Wahrheit, sondern beschuldigte fälschlich den Mitschüler. In einem klärenden Gespräch zwischen mir und meiner Tochter gab sie zu, gelogen zu haben. Daraufhin erklärte ich ihr eindringlich, welche Folgen das für den unschuldigen Mitschüler hatte. Letztendlich versohlte ich ihr den Hintern und fragte sie, ob sie unschuldig bestraft werden wollte. Das sah sie ein und rief die Mutter des Mitschülers an, um den Vorfall aufzuklären und sich für die Lüge zu entschuldigen. Ich war wirklich stolz auf meine liebe Tochter. Ich hoffe, sie hat daraus gelernt und schafft es, einigermaßen ehrlich durch ihr Leben zu gehen. Doch ich bin mir fast sicher, dass sie uns das eine oder andere Mal doch belogen hat. Aber wenn es in jungen Jahren so gewesen sein sollte, hätte ich ihr ohnehin schon verziehen.

Unsere Tochter entdeckte vor ihrem neunten Geburtstag in irgendeinem Geschäft einen sprechenden Vogel, einen Beo. Sie wünschte sich nun auch so ein Tier. Wir hatten zwar wieder einmal Ebbe in der Kasse, und meine Frau meinte, das müsse nicht sein, aber ich dachte darüber nach, wie ich meiner Tochter diesen Wunsch erfüllen konnte. Verzweifelt suchte ich in allen Zoogeschäften der Umgebung nach einem preisgünstigen Beo, aber unter siebenhundert Mark war keiner zu bekommen. Als ich mein Vorhaben schon aufgeben wollte, erfuhr ich von einem Bekannten, dass dessen Vater einen besaß. Er hatte ein Lokal, in dem der Beo in seinem kleinen Käfig auf der Theke stand. Dort wurde er von den Gästen aber immer geärgert, und aus Gründen der Tierliebe sollte der Vogel in gute Hände abgegeben werden.

Mit meinem Bekannten fuhr ich am Geburtstag meiner Tochter zu dessen Vater und kaufte ihm den Vogel mit Käfig für dreihundert Mark ab. Ich hatte alles zusammengekratzt, um die Summe bezahlen zu können, aber ich habe es gerne getan. Stolz fuhr ich nach Hause und überreichte den Beo meiner

Tochter. Sie freute sich über alle Maßen und bedankte sich stürmisch. Was der Vogel denn gekostet habe, wollte meine Frau wissen. Nichts, entgegnete ich. Ich hätte dem vorigen Besitzer einen Freundschaftsdienst erwiesen, indem ich den Beo aus der Kneipe befreite. Mit dieser Lüge konnte ich meine Tochter erfreuen, und auch dem Beo hatte ich etwas Gutes getan. Er wurde ein liebes Familienmitglied und wurde sehr gut behandelt.

Die Zeit verging sehr schnell. Ich sollte eine Niederlassung meines Arbeitgebers als Leiter übernehmen. Dadurch hatte ich noch weniger Zeit für meine Familie. Tagsüber war ich zwar auch mit Frauen beschäftigt, aber die konnten meine zwei Lieben zu Hause in keiner Weise ersetzen. Ich hatte eine Sekretärin und zwei Bürokräfte zu beschäftigen. Ich sage Ihnen, das war ein täglicher Kampf. Jeden Tag aufs Neue das leidige Herumgezicke: »Chef, die hat dies und das gemacht. Außerdem brennt im Keller noch Licht, und die hat es brennen lassen!« Furchtbar, wenn ich heute daran denke. Da waren mir meine siebzehn männlichen Mitarbeiter um einiges lieber. Wir hatten außerhalb der Büroräume ein wirklich angenehmes Betriebsklima.

Es gibt eben gravierende Unterschiede zwischen Frau und Mann. Der Mann will einfach nur Ruhe, Harmonie und greift deshalb zu mancher (Not-)Lüge. Die Frau streitet, zickt, spinnt Intrigen und lügt auch, doch diese Art zu lügen geschieht aus einem ganz anderen Beweggrund. Sie will keinen Schaden abwenden, sondern bedient sich solcher Lügen, um selbst in einem besseren Licht dazustehen.

Frauen streiten sich aus Rechthaberei, gekränktem Stolz und verletzter Eitelkeit. Würde eine Frau Harmonie gleichermaßen wie der Mann anstreben, würde auch sie in den entscheidenden Situationen heucheln bzw. lügen. Zwar müsste sie sich aus

Harmoniesucht und Bequemlichkeit heraus eine offensichtliche Niederlage eingestehen, jedoch mit dem Bewusstsein, die eigentliche Gewinnerin der Situation zu sein.

Doch dazu wäre diplomatisches Geschick gefragt, über das die meisten Frauen meiner Meinung nach nicht verfügen. Wahrscheinlich besitzen sie einfach nicht das entsprechende Gen, oder die hundertdreißig Gramm weniger Gehirnmasse gegenüber dem Mann machen sich hierbei bemerkbar. (Nicht böse sein! Ist nur ein kleiner Scherz.)

Ich konnte die drei Damen trotzdem immer wieder bei Laune halten, indem ich sehr viel log und alles nur um des lieben Friedens willen. Auch Flirten hat mir dabei manches Mal geholfen.

Nur einmal kam es beinahe zum Eklat, als sich die Bürokraft mit der Knollennase (wie meine Frau sie immer nannte) intensiver als die anderen an mir versuchte. Da mir ihre offensichtlichen Anmachversuche doch schmeichelten, ging ich ein wenig auf die Bemühungen ein und verabredete mich mit ihr im Anschluss an unsere Weihnachtsfeier. Bei diesem Treffen wollte sie mehr von mir als ich von ihr, und ich wies ihren Wunsch, mit mir zu schlafen, konsequent mit dem Hinweis, ich hätte eine Krankheit und wäre impotent, zurück. Meine Lüge war, so dachte ich jedenfalls, erfolgreich. Vermutlich aus Rachegelüsten erzählte sie ihren beiden Arbeitskolleginnen aber etwas ganz anderes, denn die waren plötzlich mir gegenüber sehr zurückhaltend. Als ich später von meinem Tourenleiter angesprochen wurde, was ich mit der denn hätte, wurde ich stutzig und forschte nach, was da erzählt wurde. Die gesamte Belegschaft war der Meinung, dass dieses Weib mit mir geschlafen und sie seitdem so ein komisches Jucken im Genitalbereich hätte. Ab diesem Zeitpunkt war es in unserem Büro gar nicht mehr lustig, aber mit gezielten und bösen Lügen habe ich erfolgreich alle drei Damen nacheinander abserviert. Mit zwei neuen Bürodamen habe ich mich bestens vertragen.

Meine Erkenntnis: Zwei Frauen auf einem Haufen sind gerade noch zu ertragen, aber drei sind schon absolut unzumutbar.

Als Niederlassungsleiter legte ich Wert darauf, dass meine Mitarbeiter stets pünktlich zur Arbeit erschienen. Wir hatten ein sehr kollegiales Verhältnis, was aber meinem direkten Vorgesetzten gar nicht so recht war. Er machte mir unglaublichen Druck von oben, den ich ungefiltert nach unten weitergeben sollte. Hätte ich dieser Aufforderung Folge geleistet, wäre krankheitsbedingt die halbe Belegschaft ausgefallen. Mein Verstand sagte mir, dass ich dann ja selbst arbeiten müsste und nicht wie gewohnt delegieren konnte. So weit durfte ich es nicht kommen lassen. Also war ich gezwungen, mit Lügen ein gewisses Gleichgewicht zu halten, sodass beide Seiten zufrieden waren. Nach oben hin habe ich durch Lügen meinen Vorgesetzten immer wieder zufriedengestellt, sodass ich auf mein Personal keinen Druck weitergeben musste. Aber ohne diese Lügen ging das eben nicht immer.

Zum wiederholten Male hat sich bestätigt, dass Lügen auch vorteilhaft sein kann, denn ich hatte meine Ruhe. Die Mitarbeiter auch, nur mein Vorgesetzter nicht immer. Aber das war mir egal. Während meiner Tätigkeit wurde ich von einem Kunden zum Gespräch gebeten. Er wollte mich für einen neuen Job begeistern. So wurde ein passender Termin gefunden, zu dem wir uns trafen und über meine schon vereinbarte neue Tätigkeit sprachen. Wir wurden sofort handelseinig, obwohl ich dieses Mal mit nur zwei Lügen auskam. Ich hatte einen Vorfall in der alten Firma ausgenutzt und einen finanziellen Ausgleich sowie einen Aufhebungsvertrag erzielt. So konnte ich binnen vierzehn Tagen wechseln.

Ich fuchste mich in meine neue Aufgabe ein und baute das neue Geschäft erfolgreich auf. Ein Mitarbeiter aus der alten Firma sprach mich an und beschwerte sich, ohne mich sei es nicht mehr in der Firma auszuhalten. Ob ich ihn nicht einstellen könne? Ich entgegnete ihm mit einem klaren Ja, aber jetzt hatte ich das Problem, dass mein neuer Arbeitgeber noch nicht wusste, dass wir dringend jemanden für den Außendienst brauchten. Also erklärte ich ihm bei der kommenden Besprechung, wir könnten mit einem neuen Mitarbeiter den Umsatz steigern. Ich hätte den richtigen Mann dafür auch schon an der Hand. Zwar wusste ich, dass der Zeitpunkt für eine Neueinstellung noch gar nicht reif war, zumal der Neue keine Ahnung vom Außendienst hatte. Doch nachdem ich den Arbeitgeber lange genug bearbeitet hatte, stimmte er schließlich zu. Nun hatte ich mein Ziel erreicht und konnte den neuen Mitarbeiter einstellen. Mit dieser Lüge habe ich einen Menschen glücklich gemacht, indem ich ihm aus einer Notlage geholfen habe.

Selbstverständlich ergab sich für mich daraus der Vorteil, dass ich fortan weniger Arbeit hatte. Auch mein Arbeitgeber profitierte davon, weil wir den Umsatz tatsächlich erheblich steigern konnten.

Ein Jahr später waren mein Mitarbeiter und ich uns einig, dass es sinnvoll wäre, uns in derselben Branche selbstständig zu machen. Die Kunden hatten wir ja selbst gewonnen, und es war leicht, diese von unserer neu gegründeten Firma zu beliefern. Mit Lügen und falschen Aussagen nabelten wir uns von der alten Firma ab und gründeten eine eigene GmbH. In der Übergangszeit kassierten wir Arbeitslosengeld, obwohl wir mit unserer GmbH schon Einnahmen hatten. Dass dies nicht dem Sozialstaat diente, war uns bekannt.

Auch unsere Frauen mussten wir gezwungenermaßen belügen, um ihr Einverständnis zu bekommen. Ohne überzeugende Lügen hätten sie niemals unserer Neugründung zugestimmt.

Wieder mal nahm ich die Erkenntnis mit, dass ich mit den meisten Lügen nur Positives erreicht und wiederholt festgestellt habe, dass auch Frauen lügen. Nur sind diese Lügen überwiegend bösartiger Natur. Man(n) kann in vielerlei Hinsicht mit gut dosiertem Lügen manche Menschen erfreuen und glücklich machen. Aber Vorsicht! Manchmal bewirkt es auch das Gegenteil.

Suche nach Neuem

Inzwischen war ich einundvierzig Jahre alt und fragte mich, ob das schon alles gewesen sein sollte. Irgendwie war ich überhaupt nicht zufrieden mit mir und meinem Leben. Beruflich war die Selbstständigkeit der richtige Weg, denn wir machten in den ersten Jahren sehr gute Geschäfte. Zu Hause lief alles ganz normal, Fußball spielte ich immer noch, aber inzwischen in der Altherrenmannschaft. Unser Mannschaftsbetreuer tat alles für die Geselligkeit, sodass wir zusammen mit unseren Familien immer auf Achse waren. Fast alle vierzehn Tage stand ein Ausflug an, verbunden mit Turnieren und Spielen. Das war ja alles sehr schön, nur befriedigen konnte das auf Dauer auch nicht, da wir Männer nie alleine etwas unternehmen konnten. Heute bin ich mir ganz sicher, dass unser Mannschaftsbetreuer strategisch unsere Turniere mit entsprechenden Familienausflügen kombinierte, um überhaupt vollzählig antreten zu können. Hätte er dies nicht getan, hätten meine Mannschaftskameraden und ich wahrscheinlich der Familie zuliebe und um des lieben Friedens willen an nicht so vielen Wochenendspielen teilnehmen können. Unsere Frauen hätten nämlich bestimmt immer wieder Wege gefunden, dass wir unseren Mannschaftsbetreuer mit erfundenen Notlügen, warum wir mal wieder nicht mitspielen konnten, hätten konfrontieren müssen.

So konnte ich allerdings nicht in Erfahrung bringen, ob ich bei den Frauen noch landen konnte. Vermutet hatte ich es schon, aber ich wollte es auch bestätigt bekommen. Ich nahm daher eine Gelegenheit wahr, um dies herauszubekommen. Unter den Mannschaftskameraden wurde üblicherweise sehr viel gelästert. Zwar wusste jeder über den anderen etwas zu sagen, aber unser Betreuer hatte es wohl ein bisschen übertrieben. Bei den wöchentlichen Sitzungen sagte er immer spaßeshalber: »Geht ihr nur Fußball spielen! Ich beglücke während eurer Abwesenheit eure Frauen.« Offenbar war er sich nicht im Klaren, dass der eine oder andere auf die Idee kommen könnte, sich an seine Frau heranzumachen. Die war nicht gerade eine Schönheit, aber hatte trotzdem das gewisse Etwas. Wenn wir alle beisammensaßen, fiel mir auf, dass sie sich jedes Mal mir gegenüber platzierte. Ich glaube, sie war nicht abgeneigt, sich mit mir für ein Schäferstündchen zu treffen. Wenn wir miteinander flirteten, bearbeitete sie jedes Mal unbemerkt mit ihrem Fuß meine Beine unter dem Tisch, worauf ich meine Beine so platzierte, dass sie nicht mehr herankam.

Obwohl ich wusste, dass sie schon mit zwei anderen Kameraden im Bett war, wollte ich nun doch wissen, wie weit sie gehen würde. Glücklicherweise übernahm sie den aktiven Teil und rief mich eines Tages in meiner Firma an. Sie gestand mir ihre Zuneigung und meinte, die Wohnung ihrer Eltern stehe für eine Woche leer. Ob ich mich mit ihr dort treffen wolle? Ich sagte zu. Um jetzt nicht lügen zu müssen, werde ich den Fortgang nicht weiter kommentieren. Allerdings möchte ich so viel verraten: Ich wusste nun, dass ich bei den Frauen noch gefragt war. Und der die größten Töne gespuckt hatte, war mehrmals der Gehörnte.

Davon hat er jedoch niemals etwas erfahren, denn die Kameraden, die mit ihr etwas hatten, konnten ja nichts sagen, da sie selbst verheiratet waren. Im Nachhinein betrachtet, hatten wir in dieser Zeit doch eine sehr gute Kameradschaft und reichlich Spaß. Wenn wir schon richtig betrunken waren, aber noch mehr zu uns nehmen wollten, sagte ein Freund oft: »Ich habe keinen Durst mehr, hat mir meine Frau gesagt!«

Schöner Spruch! Leider hat sich mein Freund später umgebracht.

Mein Geschäftspartner und ich hatten nach wie vor einen Fleischgroßhandel und belieferten die Gastronomie mit Frischfleisch. Die Geschäfte liefen gut, und ich konnte mir endlich einen alten Traum erfüllen: Ein Porsche Turbo musste her.
Aber wie sollte ich das meiner Frau verklickern? Ganz einfach: den Kaufpreis kleinreden, als Schnäppchen deklarieren, und selbstverständlich hatte auch der Steuerberater geraten, eine solche Investition zu tätigen. Ich bin überzeugt, dass meine Frau – denn sie war es, die den Porsche die meiste Zeit fuhr – ihren Spaß hatte. Also habe ich meiner Frau mit Lügen etwas Gutes getan.

Plötzlich jedoch wurde es in der Gastronomie ruhig, denn ein Fleischskandal nach dem anderen und später noch BSE brachten unser bis dahin gut laufendes Geschäft in Gefahr. Wir entschlossen uns schweren Herzens, uns von zwei Mitarbeitern zu trennen, um unsere Existenz nicht aufs Spiel zu setzen. Allerdings begründeten wir unsere Entlassungen nicht mit der Wahrheit, sondern suchten nach Fehlern bei den Mitarbeitern, um eine fristlose Kündigung zu rechtfertigen. Auch das war eine Lüge, jedoch unterschied sie sich von vorangegangenen, denn sie war bösartig. Sie schadete treuen Angestellten, was ich heute zutiefst bedaure.

Ein Jahr später standen wir wieder vor demselben Problem und mussten, um den Konkurs zu vermeiden, eine größere Summe privat in die GmbH einbringen. An Weihnachten des Vorjahres hatte ich meiner Frau als Geschenk fünfzigtausend Mark unter den Weihnachtsbaum gelegt. Da sie es nicht ausgegeben, sondern gespart hatte, fragte ich sie, ob sie mir dieses

Geld für einen größeren Fleischeinkauf leihen würde. Dies tat sie selbstlos, was mir den vorgeschobenen Sachverhalt nicht wirklich leichter gemacht hat. Es tut mir wirklich sehr leid, aber ohne diese Lüge hätten wir Konkurs anmelden müssen.

Danke, meine liebe Frau!

Diese Aktion wäre aber gar nicht notwendig gewesen, wenn mein Partner und ich nicht in der guten Zeit mit Schwarzgeldern ein Ferienhaus in Spanien gekauft hätten. Auch da haben wir unsere Frauen, was die Kaufsumme betrifft, leider belogen. Jedoch wirklich in guter Absicht, denn ich wollte damit meiner Familie eine Freude bereiten. Mit der Privateinlage konnten wir unser Geschäft retten und hatten in der Folgezeit ein ausgeglichenes wirtschaftliches Ergebnis, das einigermaßen zufriedenstellend war. Hinzu kommt, dass mein Partner und ich fast täglich abends mit zwei anderen Freunden zockten. Auch davon hat meine Familie nichts gewusst. Ich habe mein spätes Heimkommen mit viel Arbeit begründet, was leider wieder gelogen war.

Rentabel war das Zocken aber auf jeden Fall, denn in einem halben Jahr hatten mein Partner und ich jeder etwa dreißigtausend Mark gewonnen. Er kaufte seiner Frau ein Golf Cabrio und ich meiner Frau einen neuen Suzuki Swift GTI. Einer der Mitspieler dagegen musste leider seinen Lackierbetrieb verkaufen und geht heute wieder normal arbeiten. Tut mir wirklich leid!

Urlaub machten wir in unserem Ferienhaus mindestens vier bis fünf Mal pro Jahr. Schön war diese Zeit. Es gab kaum Arbeit, ich fing an, das Golfspiel zu erlernen, und wir haben einfach gut und sorglos gelebt.

Beim Golfen aber wird derart gelogen, ob Ärzte, Rechtsanwälte oder Steuerberater. Alle belügen sich selbst. Sie benötigen zum Beispiel acht Schläge für eine Spielbahn, schreiben aber nur fünf auf die Zählkarte und prahlen, wie gut sie doch gespielt hätten. Dabei werden sie nicht einmal rot. Aber dass auch ich dieses schöne Spiel beherrschte, konnte ich schnell unter Beweis stellen …

Mein Partner legte sich einen Mercedes SL und ich mir einen nagelneuen AMG-Mercedes zu. Der war gediegen getunt und das In- und Exterieur farblich nach meinen Wünschen angefertigt worden. Unseren Frauen erzählten wir wieder, der Steuerberater habe uns empfohlen, als Geschäftsführer zwei teure Autos anzuschaffen, denn die Bilanzen würden diesen Schritt begünstigen.

Zu dem Zeitpunkt hatte uns der Steuerberater diese Empfehlung tatsächlich gegeben, und wir hatten die Wahrheit gesagt. Unsere hohen Außenstände und verschiedene Konkurse unserer Kunden aber brachten uns ein Jahr später wieder an den Rand des Ruins. Private Rücklagen waren inzwischen verbraucht, und wir wollten die kostspieligen Autos an unsere Leasinggesellschaft zurückgeben. Bei Rückgabe des SL aber mussten wir ein Minus von zwanzigtausend Mark verbuchen, und bei meinem Auto wären es gar knapp vierzigtausend Mark gewesen. Also suchten wir eine Alternative und boten den Wagen in einer Fachzeitschrift an.

Ein Anrufer bot uns eine »saubere« Lösung an, die unseren Schaden fast auf null reduziert hätte. Wir sollten das Auto nach Polen bringen, dreißigtausend Mark kassieren und den Wagen in Deutschland als gestohlen melden, um die Versicherungssumme zusätzlich zu kassieren. Mein Partner und ich loteten das Risiko aus, aber ich zog nicht recht mit und versuchte, auch meinem Partner die Sache auszureden, denn Lügen ist etwas ganz anderes als Betrügen. Er jedoch tönte, das sei doch gar nicht so schlimm, und sprach mir Mut zu: »Du machst in der

Stadt die Diebstahlsanzeige. Ich bringe mit meinem Bruder das Auto nach Polen und wickle dort den Vorgang ab.«

Also ließ ich mich widerstrebend doch auf die Sache ein und erklärte mich damit einverstanden, dass mein Partner mit seinem Bruder am verabredeten Tag nach Polen fahren würde, jedoch nicht ohne den dringenden Hinweis, auf das Auto gut aufzupassen und es nicht aus den Augen zu lassen, bis sie die dreißigtausend Mark in bar erhalten hätten.

Zu Hause wartete ich nervös auf den verabredeten Anruf meines Partners. Meine Frau merkte wohl, dass da irgendetwas nicht stimmen konnte, doch durch kühnes Lügen konnte ich sie beruhigen. Der Anruf kam, und mein Partner sagte: »Die haben uns gelinkt. Wir haben kein Geld bekommen. Die sind mit dem Auto abgehauen. Wir fliegen zurück und besprechen alles morgen.«

Am kommenden frühen Morgen ließ ich mich in die Stadt fahren und meldete der Polizei den Diebstahl.

In unserem Büro erzählten mir mein Partner und sein Bruder dann die Geschichte. Sie seien am Treffpunkt auf zwei Männer gestoßen, die einen seriösen Eindruck machten. Dem einen hätte das Auto so gut gefallen, dass er eine Probefahrt machen wollte. Mein Partner hätte sich aus Angst auf sein Hotelzimmer verzogen und seinen Bruder mit den beiden wegfahren lassen.

Das konnte ich mir bildlich vorstellen. Der Bruder wusste, worauf es ankam, aber der Angsthase nicht! Es wäre bestimmt nicht so weit gekommen, wenn er dabeigeblieben wäre.

Der Bruder fuhr mit den beiden Ganoven von einem Hinterhof in den anderen, und schließlich bekamen sie das Geld zugesagt. Die Geldübergabe sollte im Hotelzimmer stattfinden, in dem der eine Ganove gewartet hatte. Doch der hatte sich aus dem Staub gemacht, und die Übergabe hat nie stattgefunden.

Eine irre Geschichte, dachte ich mir und zweifelte an der Glaubwürdigkeit meines Partners, doch kurz darauf sollte sich seine Aussage bestätigen.

Der schwärzeste Tag in meinem Leben kam, als statt der Auszahlung der Versicherungssumme die Polizei in einer groß angelegten Razzia um sieben Uhr morgens bei meinem Partner und mir zu Hause sowie im Geschäft mit jeweils sieben Beamten gleichzeitig auftauchte. Die doofen Ganoven hatten jede von ihnen begangene Tat auf ihrem Computer genauestens registriert. Als die Bande aufflog, flog unser Betrug mit auf.

Die Polizei vermutete, wir seien Mittäter gewesen. Wir wurden verhört und polizeilich registriert. Von all dem wussten unsere Frauen bis dahin natürlich nichts. Doch als die Polizei im Großaufgebot bei uns einfiel, halfen uns auch keine Lügen mehr. Wir mussten alles gestehen. Uns war die ganze Sache unsagbar peinlich, denn was waren wir doch für naive Dummköpfe gewesen! Später wurden wir drei wegen versuchten Versicherungsbetrugs zu jeweils achtzehn Monaten Haft auf Bewährung verurteilt. Ergebnis dieses Fehltritts: Wir waren vorbestraft, nahmen keine rettenden dreißigtausend Mark ein, die Leasinggesellschaft forderte ihr Geld ein, und wir hatten ein Luxusauto verschenkt.

Dies sollte das Ende unserer Firma sein. Wir meldeten Konkurs an, und in die Konkursmasse fiel leider auch unser geliebtes Ferienhaus in Spanien. Unser Haus in Deutschland war ebenfalls sehr hoch mit Hypotheken belastet, sodass wir es nur mit vielen Mühen halten konnten. Was habe ich meiner Familie angetan!

Aber aufgeben kam für mich nicht in Frage. Kunden hatten wir genug, den Fuhrpark und unser Kühlhaus konnten wir auch retten. Also wurde die Firma auf meinem Privatnamen weitergeführt, nur mit dem Unterschied, dass wir nun sehr viel vorsichtiger und sparsamer sein wollten. So konnten wir uns langsam wieder aus der Misere hervorarbeiten, bis der Tag kam, als ich merkte, dass die Außenstände wieder zu hoch waren.

Da entschloss ich mich, meinen Anteil an den Bruder meines Partners zu verkaufen. Ein entscheidender Grund für den Verkauf war mein eigenes Wohlbefinden. Ich hatte im Bestreben, für meine Familie nur das Beste zu wollen, meine Gesundheit sträflich vernachlässigt.

Ich hatte schon häufiger festgestellt, dass ich diesen Stress meinem Körper nicht mehr lange zumuten konnte. Dass ich Diabetiker war, wusste ich, hatte aber den Ernst der Lage nicht erkannt und mir immer selbst in die Tasche gelogen. Wenn meine Frau mich fragte, was der Arzt gesagt hatte, behauptete ich stets, alles sei im grünen Bereich und ich käme mit Tabletten aus. Das war gelogen, denn der Arzt hatte mir nahegelegt, Insulin zu spritzen, sonst hätte ich nicht mehr lange zu leben. Der Arzt war ein guter Freund und vertraute sich eines Tages meiner Frau an. Ich gelobte, ab sofort die Anweisungen meines Arztes zu befolgen.

Grausam, jeden Tag drei Mal Blutzucker messen und immer meine Frau belügen, wenn sie fragte, wie hoch der Wert sei. »Super, so um die hundertdreißig«, log ich dreist, obwohl das Messgerät oft knapp vierhundert anzeigte. Später erkannte ich den Ernst der Krankheit und ließ mich in einer Spezialklinik auf Insulin einstellen. Meine Familie kann ich heute beruhigen, denn mittlerweile habe ich die Krankheit im Griff. Ich versichere, dass dies der Wahrheit entspricht.

Ein Erlebnis in dieser Zeit jagte mir Todesangst ein. Eines Nachts war ich plötzlich hellwach, als ich einen lauten Knall in meinem Kopf spürte. Mein Herz raste, und ich war kurzzeitig nicht in der Lage, mich zu bewegen. Wie immer zuvor habe ich das Erlebte in der Nacht ignoriert und unterdrückt. Später jedoch sollte ich erfahren, dass es ein Schlaganfall gewesen war. Meine Frau habe ich weiter belogen und sie beruhigt, indem ich ihr wie üblich sagte, es gehe mir bestens und ich fühlte mich sauwohl. Alles gelogen, denn mir war häufig ganz elend zumute, aber ich kämpfte weiter, um den finanziellen Schaden, den ich angerichtet hatte, wieder auszubügeln. Daran arbeite ich im Übrigen noch heute.

Damals hatte ich schon eine Vorahnung, dass ich es auch am Herzen haben könnte. Druck und leichtes Stechen in der Herzgegend habe ich achtlos verdrängt. Ich wollte mir einfach nicht eingestehen, dass der Körper irgendwann nicht mehr mitspielen würde.

Ich hatte meinen Geschäftsanteil verkauft und kam auf die Idee, einen Gastronomie-Führer für unsere Region zu erstellen. Schlecht zahlende Kunden hatte ich ja für diesen Zweck auch noch an der Hand. Parallel dazu brachte ich einen Golf-Guide heraus. Beide Broschüren finanzierten sich über die verkauften Anzeigen, und ich verdiente gutes Geld. So konnte ich meine Familie ernähren.

Aber voller Selbstzweifel, den Großen Deal in Deutschland verpasst zu haben, kam der Gedanke, Deutschland den Rücken zu kehren, um in Spanien in der Werbebranche einen Neuanfang zu starten. Ich wollte ein schönes Haus nach eigenen Vorstellungen bauen lassen, aber hierzu fehlte das Geld.

Mit weiteren Lügen habe ich Frau und Tochter langsam auf mein Vorhaben vorbereitet. Erwartungsgemäß konnte ich nach und nach das Interesse der beiden gewinnen. Ich habe große Sprüche geklopft, aber bis zu dem Zeitpunkt war es noch unrealistisch, diesen Schritt zu wagen. Trotzdem begann die Geschichte nach einigen Planänderungen und Berechnungen Form anzunehmen.

Um mein Ziel zu erreichen, habe ich mit immer neuen Lügen meiner Frau die Sterne vom Himmel geholt und ihr

Versprechungen gemacht, obwohl ich noch nicht wusste, wie ich diese einlösen sollte.

Aber diese Lügen waren gut für mich, denn ich habe das Unmögliche möglich gemacht. Ohne diesen selbst auferlegten Druck und die »Vorlügen« hätte ich das wohl nie geschafft.

Und wieder bewahrheitete sich die Maxime: Was man anfängt, soll man auch beenden, egal wie es ausgeht.

Wir verkauften das Haus in Deutschland, und mithilfe zweier Bausparverträge und Beleihung einer Lebensversicherung konnten wir unseren Traum realisieren: eine Villa in Spanien mit Pool und Einliegerwohnung für unsere liebe Tochter. Meine Hoffnung, zusammen mit meiner Frau endgültig auszuwandern, hat sich leider nicht erfüllt, denn wegen der schweren Erkrankung meiner Schwiegereltern wollte meine Frau diesen Schritt verständlicherweise doch nicht gehen.

Resultat dieses Kapitels: Gelogen habe ich weiter, auch bösartige Lügen waren nicht zu vermeiden. Sogar »kriminell« bin ich geworden, nur um meiner lieben Familie ein gutes Leben zu bieten. Schade! Denn damit hatte ich das Gegenteil meiner guten Absichten erzielt. Trotzdem werde ich alles dafür tun, um den Schaden zu beheben, und ich glaube ganz fest daran, dass mir das auch gelingen wird. Ich hoffe und bete, dass die verbleibende Zeit dafür ausreichen wird.

Ihnen ist sicher aufgefallen, dass es keine Frauengeschichten mehr in meinem Leben gab. Dafür gibt es eine einfache Erklärung: Ich leide seit dieser Zeit krankheitsbedingt an Potenzschwäche.

Ruhephase

Nach dem Motto »Hast du noch Sex, oder spielst du schon Golf?« haben meine Frau und ich den Golfsport erlernt und sehr intensiv genossen. Im Club haben wir uns mit gleichgesinnten Paaren angefreundet und eine schöne Zeit miteinander verbracht. Aber während der Ausübung unseres Sports wurde doch sehr viel gelogen.

Ich erinnere mich an eine Spielsituation mit einem befreundeten Gegner, als es um einen kleinen Spieleinsatz ging. Mein Gegner hatte einen gewaltigen Abschlag, sodass wir den Ball suchen mussten. Der war nämlich nicht direkt auf der Spielbahn, sondern nahe der Ausgrenze gelandet. Als ich den Ball entdeckte, stellte ich fest, dass nur zwanzig Zentimeter fehlten, um ihn als »aus« werten zu können. Kurz entschlossen und unbemerkt versetzte ich dem Ball einen kleinen Tritt und beförderte ihn damit über die Ausgrenze. Mein Gegner roch zwar den Braten, aber ich entgegnete empört, niemals würde ich bei diesem Sport lügen. Überzeugend behauptete ich ferner, gerade dieser Gegner habe vorher schon einige meiner Bälle beim Suchen versehentlich in den Boden getreten. Generös fügte ich hinzu, der Sport sei ohne solche witzigen Ereignisse aber nur halb so schön, vor allem wenn man mit Freunden spiele.

Wenn sich die Frauen zum Einkaufen verabredeten, wollten wir Männer natürlich lieber Golf spielen. Wir waren sehr einfallsreich, wenn es galt, Ausreden zu erfinden, und so kamen wir ums Shoppen jedes Mal herum. Ich glaube, den Frauen war das auch ganz recht.

In unserem Club gab es eine Frau, die von vielen Männern sehr begehrt wurde. Diese Frau begehrte aber seltsamerweise nur mich. Bei jeder Begegnung und Gelegenheit fiel sie mir um den Hals und drückte mich, sodass ich stolz die neidischen Blicke der anderen Männer genießen konnte. Mit meiner Frau hatte ich deswegen viele Diskussionen, aber ich beteuerte immer wieder, mir sei diese Frau völlig egal und ich könne sie doch nicht vor den Kopf stoßen.

Ich habe gelogen, denn es war eine platonische Liebe zwischen dieser Frau und mir entstanden.

Von wegen Ruhephase – plötzlich und völlig unerwartet kam eine neue berufliche Herausforderung auf mich zu. Es sollte jetzt erst richtig losgehen.

Ein Kunde, der eine Anzeige in meiner Broschüre gebucht hatte, sprach mich darauf an, ob ich bereit wäre, für seinen fünfzehnjährigen Sohn die Verantwortung im Motorsport zu übernehmen. Dieser war im Kartsport sehr erfolgreich und sollte im Formelsport bis hin zur Formel Eins gefördert werden.

Nach einer Woche Bedenkzeit und vielen Recherchen über den Jungen war ich überzeugt, dass dieses Talent alles mitbrachte, um den Sprung in die Königsklasse zu schaffen. Was wir brauchten, waren Sponsoren, die Mittel für die notwendigen Investitionen mitbrachten, und ein gut organisiertes Management. Beide Komponenten zusammen würden den Erfolg bringen. Leider war keins von beiden vorhanden.

Ich dachte daran, meine Tochter und meine Frau in mein Vorhaben zu integrieren, aber wie sollte ich den beiden das beibringen? Ich entwickelte eine ausführliche Strategie und stellte sie ihnen vor. Dass dabei nicht alles der Wahrheit entsprach, war leider unvermeidlich.

Ich hatte bei meinem Plan im Hinterkopf, wie ein Manager eines weltberühmten Fahrers vorgegangen war. Er hatte auch viel gelogen und war ein hohes Risiko eingegangen. Aber es hatte sich für ihn gelohnt, und ich war davon überzeugt, dass wir das auch schaffen konnten.

Meine Tochter, die ebenfalls motorsportbegeistert ist und sich beruflich auf Irrwegen befand, sagte mir ihre volle Unterstützung zu, und wir gründeten zu dritt eine Management-Agentur. Wir erarbeiteten einen Businessplan und legten unsere Vorgehensweise fest. Der entsprechende Management-Vertrag wurde feierlich unterzeichnet. Eine Rückfrage bei dem Vater des Jungen, wie viel Geld in der ersten Saison notwendig sei, ergab, dass wir etwa hundertzwanzigtausend Mark benötigten. Wir trauten uns zu, diese Summe zu organisieren, und begannen mit der Sponsorensuche.

Jeden Abend, wenn ich von diversen Sponsorengesprächen nach Hause kam, wurde ich erwartungsvoll gefragt: »Was hast du erreicht?« Wenn ich nichts erreicht hatte, konnte ich das natürlich nicht zugeben. Lieber log ich und behauptete, es sei besser gelaufen als erwartet, aber eine endgültige Zusage stehe noch aus.

So vergingen endlose Wochen. Meine Tochter verschickte jeden Tag rund fünfzig Schreiben an mögliche Sponsoren, aber leider kamen nur gut gemeinte Briefe mit freundlichen Absagen zurück. Die Enttäuschung bei allen Beteiligten war sehr groß. Wir hatten bis zum Saisonstart nur noch zwei Monate Zeit und weder ein passendes Team noch das nötige Kapital gefunden.

Ich verteilte verbale Beruhigungspillen: »Kein Problem! Wir schaffen das!«, tönte ich überzeugend. Und so kam der Tag, an dem ich zwei Sponsoren fand, die dreißigtausend Mark in dieses Projekt investieren wollten. Ich konnte es selbst kaum glauben, aber der Anfang war gemacht. Voller Stolz erzählte ich allen Beteiligten von meinen Ruhmestaten, und von da an glaubten wieder alle an den Erfolg. Und siehe da: Am folgenden Tag hatte schon wieder jemand fünfundzwanzigtausend Mark investiert. Schließlich fanden wir bei einem erfolgreichen Team auch noch einen Fahrerplatz für unseren Schützling. Die Saison kostete im Übrigen weitaus mehr als angenommen, nämlich runde vierhunderttausend Mark. Doch alles lief plötzlich wie von selbst, und ich sauste zum Termin bei einem bedeutenden Unternehmen. Ich musste die Chance nutzen, einen großen (inzwischen Euro-)Betrag für unser Vorhaben einzuheimsen. Es galt »nur« die zeichnungsberechtigten Personen zu überzeugen. Wie konnte ich denen das Ganze schmackhaft machen? Wie immer erarbeitete ich einen genialen Plan und baute einen bekannten Rennfahrer als Zugpferd mit ein. Kleine Lügen und aufkeimende Hoffnungen waren bei der Überzeugungsarbeit sehr hilfreich. Und meine Strategie ging auf, denn ich ging mit der Zusage nach Hause, dass man mir unglaubliche fünfhunderttausend Euro für das Projekt spendieren wollte.

Meine Tochter übernahm die anfallenden Arbeiten. Sie organisierte perfekt die Internetseite, kümmerte sich um Pressearbeit, Merchandising-Artikel, Vertragsgestaltung und Termine. Sie erledigte einfach alles mit voller Begeisterung. Es machte uns allen riesigen Spaß. Meine Tochter und ich begleiteten unseren Schützling bei den Trainingsläufen, um sicherzugehen, dass er dem Druck in der neuen Serie standhalten würde. Und er überzeugte durch seine guten Trainingsergebnisse, nicht nur uns, sondern auch die Fachwelt. Darunter befand sich ein ehemaliger Formel-1-Weltmeister, dessen Sohn ein Mitstreiter in dieser Serie war. Die Vorfreude auf den Saisonstart war jedenfalls groß.

Diese Serie wurde im Rahmen der Deutschen Tourenwagen Masters ausgetragen, und die Jungs mussten sich vor einer großen Zuschauermenge beweisen. Dass eine leichte Nervosität bei den jungen Fahrern zu spüren war, ist nicht weiter verwunderlich. Jedenfalls klappte das Zeittraining für die Startaufstellung nicht so richtig, und unser Schützling musste von Startplatz achtundzwanzig, also als Vorletzter, das Samstagsrennen beginnen. Niemand traute ihm viel zu. Aber meine Tochter und ich glaubten fest an ihn. Wir saßen gespannt auf der gut gefüllten Tribüne des Hockenheimrings und verfolgten das Rennen. Und unser Schützling enttäuschte nicht. Was er den Zuschauern bot, war sensationell. Er rollte das Feld von hinten auf, kämpfte sich durch gekonnte Überholmanöver Platz um Platz nach vorne und beendete als Vierter sein erstes Rennen in einer Formel-Serie.

Was ich im Vorfeld dem Hauptsponsor großspurig prophezeit hatte, war nun plötzlich eingetreten. Jeder konnte sich an diesem Tage von unserem Schützling überzeugen. Einige Zeit später erzählte uns der besagte ehemalige Weltmeister während einer geschäftlichen Besprechung, er habe an diesem Tag seinen Augen nicht getraut und zu seinem Sohn gesagt, dass er nur vor unserem Schützling Ehrfurcht haben müsse. Voller Stolz berichtete ich jedem, dem ich in den folgenden Tagen begegnete, von den Heldentaten unseres Jungpiloten und erfand noch verschiedene Technikprobleme beim Rennen hinzu, um das Ergebnis noch wertvoller zu gestalten. Wieder ohne Grund gelogen.

Mit so manchen Lügen heizten wir auch noch die Presse an. Wir wollten dem Jungen die beste Perspektive für sein Weiterkommen bieten und ihn als Junior-Werkspiloten bei einem bekannten Automobilhersteller unterbringen. Dabei sollte uns der in unser Konzept involvierte populäre Rennfahrer helfen, denn der war zufällig schon Werkspilot bei dem besagten Hersteller.

Wir wollten unseren Hauptsponsor überzeugen, dass auch der Automobilhersteller für ein Sponsoring in Frage käme. In Verbindung mit unserem Schützling sei das von großem

Vorteil. Unglaublich, aber auch dieser Husarenritt ist uns gelungen. Wir bekamen die sportlichen Zusagen vom Automobilhersteller, und für unsere Management-Agentur wurden zusätzliche Provisionen ausgehandelt. Da hatten wir zwei Fliegen mit einer Klappe geschlagen, aber ganz ohne Lügen bin ich nicht ausgekommen.

In der Meisterschaft war unser Schützling bis zum sechsten Rennen sehr gut dabei, was unsere Hoffnung nährte, ihn weiterzubringen. Denn eine gute Endplatzierung war die Voraussetzung, dass unser Hauptsponsor auch weiterhin seinen Aufstieg fördern würde.

Unsere Management-Agentur hatte ihren Teil für ein weiteres Engagement des Hauptsponsors beigetragen und half beim Abverkauf von deren Produkten. Nur unser Jungpilot hatte anscheinend nicht erkannt, welche einmalige Chance wir ihm geboten hatten. Er ließ in den kommenden Rennen sehr nach und wurde in der Meisterschaft »nur« Zehnter. In mehreren Gesprächen kamen nach anfänglichen Lügen die Gründe für sein Nachlassen zum Vorschein. So waren Drogen, fehlender Einsatzwille, seine Freundin und vieles andere für sein Versagen verantwortlich. Trotz allem hielt hauptsächlich ich an diesem Talent fest, auch weil der Sponsor ein weiteres Engagement in Aussicht gestellt hatte.

Ich war nach wie vor der festen Überzeugung, dass er es schaffen würde, und wollte ihn in der höheren Formel-3-Euroserie einsetzen. Aber wie sollte ich das meiner Tochter und meiner Frau beibringen? Ich wartete das Gespräch bei dem Hauptsponsor ab, um dann eine Entscheidung zu treffen. Eine feste Zusage bekam ich nicht. Man wollte abwarten, wie der Abverkauf der Produkte und die Entwicklung unseres Schützlings ablaufen würden. Dann wollte man im Nachhinein die erforderlichen Gelder für die neue Saison bezahlen.

Nicht ahnend, dass die Gelder letztendlich doch ausblieben, wollte ich in Vorleistung gehen. Ein Fahrerplatz war schnell gefunden, nachdem unser Schützling eine erfolgreiche Testfahrt auf dem doch um einige PS stärkeren Rennwagen abgeliefert hat. Meiner Frau erzählte ich, dass wir mit hundertdreißigtausend Euro in Vorleistung gehen müssten. Das Geld bekämen wir ganz sicher von dem Sponsor zurück.

Das war die teuerste Lüge in meinem Leben. Hätte ich geahnt, dass alles ganz anders kommen sollte, wäre ich dieses hohe Risiko niemals eingegangen.

Das Geld hatte ich natürlich nicht, und kurz entschlossen musste ich Frau und Tochter davon überzeugen, dass es besser wäre, unser schönes Ferienhaus in Spanien zu verkaufen. An den folgenden Tagen nörgelte ich an dem Haus herum, wo immer es auch ging, und bekam mit Hilfe von Lügen und Übertreibungen schließlich die Zustimmung für den Verkauf. Der wurde innerhalb einer Woche abgewickelt, und der erzielte Preis war mehr als zufriedenstellend. Kurzum, das notwendige Kapital wurde investiert, die Erwartungen allerdings haben sich leider nicht erfüllt. Unser Schützling konnte die Leistung nicht erbringen, und der Abverkauf der Produkte stockte, sodass unser Sponsor nichts mehr investieren wollte.

Die berechtigten Vorwürfe meiner Frau und andere Einflüsse waren Gründe dafür, dass ich kurze Zeit später einen schweren Herzinfarkt erlitt, den ich zu Hause niemals überlebt hätte. Auch wenn die Zusammenarbeit mit unserem Hauptsponsor und der Abverkauf von dessen Produkten zu wünschen übrig ließen, habe ich niemals das Vertrauen in deren Produkte (telemedizinische Geräte) verloren. So kam es, dass dieses Produkt mir das Leben gerettet hat, da ich es beim ersten Anzeichen benutzte und ich mich schon im Krankenhaus befand, als der Infarkt eintrat.

Obwohl durch den Infarkt keine Folgeschäden entstanden sind, war mein Befinden nicht das beste, und ich verlor den

Mut weiterzukämpfen. Ich ließ mich ganz einfach hängen. Nur mit meiner Frau hatte ich ziemliche Auseinandersetzungen auszutragen, denn sie konnte es nicht lassen, mir täglich die größten Vorwürfe zu machen. Durch Lügen konnte ich sie einigermaßen beruhigen und hatte manches Mal auch meine Ruhe. Erschwerend kam hinzu, dass der Autohersteller die vereinbarte Provision für die vermittelten Sponsorengelder nicht herausrückte. Es ging um über zweihunderttausend Euro, die wir einklagen mussten. Unser Rechtsanwalt behauptete, wir hätten hundert Prozent Erfolgsaussicht. Doch wie sich im Nachhinein herausstellte, war die Angelegenheit leider gar nicht so eindeutig, weil uns ein bestimmtes Papier fehlte, um den Vertragsabschluss nachweisen zu können, obwohl eine Vereinbarung vorlag. Diese falsche Einschätzung kostete uns nach mehreren Instanzen nochmals rund dreißigtausend Euro, weil wir den Prozess verloren. So wurde der Ärger mit meiner lieben Frau umso größer, da wir leider alles verloren hatten.

Ich habe inzwischen erfahren, dass die Gegenseite diesen Prozess mit ziemlich großen Lügen gewinnen konnte. Mein Fehler war, dass ich in diesem Falle respektvoll bei Gericht die Wahrheit sagte. Die Schuld für die folgenden Erkrankungen meiner Frau habe ich reuevoll auf meine Kappe genommen und immer wieder meine guten Absichten beteuert, aber die Vorwürfe meiner Frau konnte ich bis heute leider nicht entschärfen.

Ein Kuraufenthalt wegen ihrer Hüftprobleme veranlasste meine Frau offenbar, sich an mir zu rächen. Am Tag, als ich sie von der Kur abholen wollte, war sie nicht wie telefonisch vereinbart vor Ort. Nur die Koffer standen in der Eingangshalle. Da stand ich nun mit dem schönen Blumenstrauß, und niemand wusste, wo sie war. Ich entschloss mich, schon das Gepäck einzuladen, und hatte im Kopf, was ich ihr alles Liebes sagen wollte. Ungefähr vierzig Minuten waren vergangen, als sie mit einem fremden Mann aus der Halle kam und mich verwundert und irgendwie irritiert begrüßte. Der Typ wurde mir ganz frech als Bekannter aus der Kur vorgestellt, und wir fuhren nach Hause. Während der Fahrt argwöhnte ich einen vermutlichen Fehltritt, den sie aber empört und verärgert abstritt. Im Gegenzug bekam ich wieder die größten Vorwürfe zu hören.

In jungen Jahren hatte ich mir geschworen, bei einem Seitensprung meiner Frau konsequent die Beziehung zu beenden. Aus diesem Grund bohrte ich weiter und forderte sie auf, mir die Wahrheit zu sagen. Nach zwei Tagen endlich gestand sie mir, dass sie mit diesem Typen sexuellen Kontakt hatte. Meine liebe Frau, ich wundere mich sehr, dass du deine Lügen mit einer unglaublichen Frechheit an den Mann bringst und mich im Gegenzug noch mit den schlimmsten Vorwürfen beschuldigst.

Ich bin davon überzeugt, dass ich auch in der Vergangenheit des Öfteren von ihr belogen und betrogen wurde, aber im Alter wird man(n) ruhiger und verzeiht auch das.

Die Hauptsache ist Ruhe und Harmonie.

Ich möchte noch einmal auf meine Krankheit zurückkommen. Die ärztlichen Verordnungen habe ich gewissenhaft befolgt, doch das Rauchen habe ich aus Überzeugung wieder angefangen. Tägliche bohrende Fragen meiner Frau über meinen Konsum beantwortete ich mit Lügen. Es waren oft mehr als die vereinbarten drei Zigaretten pro Tag. Aber was ist genussvoller, als nach einer guten Tasse Kaffee oder einer Mahlzeit in Ruhe eine Zigarette zu rauchen? Für einen jahrzehntelangen Raucher ist dies die reinste Lebensfreude. Inzwischen jedoch werde ich wegen meines Konsums nie wieder lügen müssen, denn mein Tagesverbrauch liegt im Durchschnitt bei nur noch sechs Zigaretten.

Getrennte Kassen hatten wir nun auch, und ich musste mir wieder eine neue Arbeit suchen, was mir leider wegen meines Alters und der Krankheit nicht gelang. Ich hatte keine Chance mehr, eine Anstellung zu finden. Nach Ansicht meiner Frau war es meine Aufgabe, für unseren Lebensunterhalt zu sorgen, obwohl sie wusste, dass ich zu dem Zeitpunkt vollkommen mittellos war. Trotzdem kamen immer wieder die bohrenden Fragen: »Hast du die Miete, Versicherungen und andere Rechnungen bezahlt?«

Auch hier war ich leider wieder nicht ehrlich, denn ich wollte ihr die Genugtuung und mir die Blöße nicht geben, sie um Hilfe zu bitten. Daher sagte ich ihr immer, es sei alles bezahlt. Wenn auch nicht immer termingerecht, konnte ich doch durch diverse Nebeneinkünfte unseren Lebensunterhalt trotz aller Schwierigkeiten bestreiten.

Hilfe in Form staatlicher Gelder habe ich kurzfristig durch Lügen und Falschangaben ebenfalls in Anspruch genommen. Nach sechs Monaten jedoch flog mein Schwindel auf, und die Unterstützung wurde gestrichen. Der massive Druck, der auf mir lastete, war kaum auszuhalten, und ich suchte nach einer vernünftigen Alternative.

Da gab es eine schwarzhaarige, attraktive Frau, die über sehr viel Geld verfügte. Diese Frau hatte ich fünf Jahre vorher kennengelernt. Als sie noch nicht verheiratet war, hatte sie mir ihre Zuneigung gezeigt. Ich hatte immer den Eindruck, dass ich bei ihr landen könnte. Inzwischen hatte sie auch geheiratet, allerdings nicht aus Liebe.

Diese Ehe war nur von kurzer Dauer, und so dachte ich mir, sie könnte mir helfen, aus dieser Misere herauszukommen. Doch dazu kam es nicht, weil ich in letzter Minute auf die Bremse trat, denn ich wollte niemals von einer Frau abhängig sein. Ich wusste ja aus Erfahrung, wie erniedrigend solch eine Abhängigkeit sein kann. Wenn man(n) eine Frau kennenlernt, macht man(n) ihr den Hof, und nach einer Zeit macht man(n) für sie nur noch die Küche, Bad und Wohnung. Traurig, nicht wahr?

Geld musste aber her, und so kam es, dass ich mein Glück in der Spielbank beim Roulette suchte. Aber wie es halt ist, wenn einem der Mist an den Händen klebt, wird der Mist immer nur noch mehr. Aus Geldmangel musste ich diesen Versuch aufgeben.

Ich glaube, ohne die Zuneigung und moralische Unterstützung meiner lieben Tochter hätte ich aufgegeben und wäre meinen Selbstmordgedanken gefolgt. Die Vorwürfe meiner Frau sind inzwischen nicht mehr so zwingend, aber Gemeinsamkeiten haben wir leider nicht mehr allzu viel.

Obwohl wir auch sexuell kaum Kontakt haben, halte ich jedenfalls an der Beziehung fest. Denn der Grundsatz lautet: Das Angefangene wird auch beendet, egal wie es ausgeht.

Eine Arbeit habe ich glücklicherweise gefunden, sodass ich die laufenden Kosten decken kann. Leider kann ich damit nicht mehr reich werden. Daher bin ich weiter hartnäckig auf der Suche nach mehr, um den finanziellen Schaden wieder zu richten. Ich bin fest davon überzeugt, dass mir dieses gelingen wird. Es ist nur eine Frage der Zeit.

Die Erfahrung aus dem Kapitel ist: Wenn man(n) das Messer schon im Rücken hat, kommen andere und drücken es noch tiefer hinein.

Nehmen können sie alle, aber geben wollen sie nichts, vor allem dann nicht, wenn man sich in einer aussichtslosen Situation befindet. Lügen haben sich wiederholt bewährt, nur in den entscheidenden Situationen habe ich zu meinem bitteren Nachteil leider die Wahrheit gesagt.